KB265518

사금파리 빛눈웝자

사십편시선 006

사 금파리 빛눈 위자   장진기 시집

2013년 4월 22일 제1판 제1쇄 인쇄
2013년 4월 29일 제1판 제1쇄 발행
제1판 1쇄 발행부수 1,000부 ｜ 총 1,000부 발행

지은이   장진기
펴낸이   강봉구

기획   사십편시선 편찬위원회
디자인   page9 · bonggune
인쇄제본   (주)아이엠피

펴낸곳   작은숲출판사
등록번호   제313-2010-244호
주소   121-894 서울시 마포구 합정동 367-9
전화   070-4067-8560
팩스   0505-499-8560
홈페이지   http://cafe.daum.net/littlef2010
이메일   littlef2010@daum.net

ⓒ 장진기

ISBN 978-89-97581-20-7   03810
값 9,000원

人人 **사십편시선**
006

금파리
사빛눈웝자

장진기 시집

| 자서 |

어머니는 나에게 시를 쓰게 하시고 가셨다.

바다와 하늘과 나무와 새들,

어머니는 내 살아 바라보는 것들을 통해서 나에게 말씀하셨고

그들을 통해서 내가 어머니께 전하는 말이 시가 되었다.

세상의 모든 것들은 어머니의 전령이어서

나는 숨을 쉬는 이 땅의 모든 생명과

생명을 이끄는 현상들과 대화를 하였다.

함께 하지 않아도 잊지 않고 생각함으로

늘 곁에 있는 거라는 나의 믿음이 내가 존재하는,

내가 시를 쓸 수밖에 없는 요체가 되었다.

나는 외로움이 좋았고

외로울 때 세상의 것들은 따뜻한 음성으로 다가서 주었으므로,

행복했다.

오랜 시간 망설이다 엮어낸 첫 시집을 어머니께 드린다.

밤하늘을 바라본다.

슬프게 살더라도
낙엽처럼 삭은 세상
손톱자국 같은 꽃은 피우지 않아야지
잎을 지나는
손가락 붓끝은 미리 필
설움에 흔들리고
-「손가락으로 난을 친다」 일부

시집을 내도록 도와주신 분들에게 감사드린다.
시집을 기다려 주신 분들에게도 머리 숙여 감사드린다.

2013년 사월
장 진 기

차례

제1부 지금과 더 빛는 임자

초승달 아래에서 우화羽化하고 있다

벽에 붙어 고치를 치고 있다
살갗의 섬유질로 명주 집을 짓는다
눈꺼풀로 더듬이를 빚고
뼈를 녹여 솜털 보송한 몸체를 키운다
피가 마르면서 날개가 붙는다
밤이 진다
나는
저렇듯
초승달 아래에서 우화羽化하고 있다

타래난초

종일 문 살대에
미닫이처럼 열리는 햇살로 앉아

해거름 들 때까지
창호지에 시詩를 말려 보았다

등불을 켜자
풀대처럼 그림자가 길게 서고

지등紙燈을 돌며
댕기 따듯 고운 생각 말렸다

일출

작두날이 길이었던 날
고래처럼 껌껌한 지난해의 기억을 자르면서 걸었다

벼린 날에 그어진 서슬한 발바닥
외길 작두날, 핏물은 남도

너른 땅에 흥건하고

개안하듯 아슬한 한 줄 벽두
발가락 사이에서 해가 떴다

사금파리 빛 눈 입자

아 ! 그랬었구나.

어제, 산길에 물 먹은 눈 뚝뚝 떨어지더니

산 둑의 겨울 풀 푸른 속곳을

비 되어 닦아내고 있었던 것이니

앞산 비탈 나뭇가지 사이로 흐린 하늘 쏟아지던 일이

까닭엔

까닭엔

없었던 것이 아니었구나.

한 해가 바뀌고

손님들 왔다 돌아간 구들장에 질펀히 앉아

한바작 우듬지로 쌓여 있다가

속으로부터, 녹아내리는 눈

희고 맑은 줄기로 흐르던 지난해 생각들이

가랑이와 숨구멍 사이 내 몸으로 스며드는 것이

어제 그 산에서 내리던 눈비이었던 것이다

뜨거운 구들에서도

온몸이 서늘해지는 것은
몸에 닿아 금세 사그라지는 사금파리 빛 눈 입자라니
아니, 지난 해 나를 산발하여
허공에 출렁이게 하였던 눈발이었던 것이니
이제사 새해를 맞아
그 일을 알고 있으려니,

뼛국

엄니는 명절 뒤끝에 발라놓은 생선뼈를 모아뒀다,
두붓국을 끓여주셨다
생선뼈에서 우러난 뿌연 국물에 살점들이 풀어져 고소
하기도 하고 짭짤하기도 하여
그 맛을 잊지 못한다
명절이 보름쯤 지나 엄니 국맛을 못 잊어 두부를 사다
파를 썰어 넣고 끓이는데
왈칵, 눈이 붓는다
엄니도 저 뼛국을 끓이다가 눈물을 빠뜨렸을까
간간하면서 혀끝에 감기는 그 진국이 눈물 맛이었구나
어른 상에 발려진 생선뼈를 모아뒀다 끓여주던 국을
속도 없이 물어봤었다
"엄니 뭔 국이당가"
"뼛국이란다"
이제야 대답한다
"엄니, 뼛국이 진짜 맛있네이"

살을 태운다

나전칠기처럼 박히는 햇살이다
초 벌 두 벌 옻칠 매기는 살갗
빛의 화각들이 편각으로 쪼개져
타들어가는 손등과 물팍과 목덜미에 문양으로 박힌다
땀에 밀리는 검은 때,
때를 훑어내는 손자국에 사군자로
십장생으로
희디흰 젖가슴 빛으로
붙여지는 햇살이다

자갈금을 지나가다 갈대에게 하는 언약

얼레, 그 놈의 섣달을 넘어갈 때는 되게 발이 시려워
무질러 가는 달력의 글자들이 사르륵 밟혀지는 상달에나
새 고무신 사 신고 갯바람 들판에 싸질러 돌 듯 갈 것
인 게
낸들 잊고 있으라고 전해주게
법성法聖 뒤께 너머 자갈금
앙팡지게 앉아 있는 젓국같이 비린내 나는 달빛,
자갈금 지나다 갈대에게 언약하는디
목냉기 거쳐 들락거리는 여편네들 박가분 찍어 낯바닥
단장을 하듯
너럭 넓은 금매 갈대 들녘도 혹허게 눈발이나 치면
맨발로 지나간 달구새끼 발자국 곁을 따라
나도 고무신짝 인장 찍듯 꼭꼭 눌러 발자국 찍으며 갈
것인 게
낸들 절대 기다리지 말라고 전해주게

남해열차

순천역에서 밤열차를 탔다
이 세상을 서둘러 떠났던 시인처럼
스스럼없이 남해마을의 불빛들이 쓰러졌다
퇴색된 활자를 가지런히 펼쳐 내미는 손길이며
등대 같은 눈빛이 차창에 별로 뜨고
살아있음이 죄이어서
그리움으로 밤을 새우는 날
창틀의 눈시울에 외로움이 젖곤 했다는 나지막한 목소리가
열차를 스쳐갔다
다가섰던 간이역들이 멀어지고,
별똥별들이 우수수 떨어지는 차창의 불빛 속에
승객들은 고단함을 풀고
빈 객석 사이를
홍익요원의 수레가 지나갔다
밤이 깊어갈수록 또렷해지는 눈빛이 별에 가 닿고
침묵으로 인사를 나누던

문을 닫는 소리처럼 열차가 멈출 때
살다가 무언가를 남긴다는 것은 슬픔이라는 것을,
차마 말하지 못한 마음만 빈 병처럼 구르고
내려야 할 사람들과
타야할 사람들이 비켜섰다
열차의 불빛은
유고 시인의 체온처럼 아득하고
광주역에 내려서야
그가 내밀었던 원고를
지긋이 새벽빛으로 덮었다

사의재四宜齋에서
다산 초당으로 들다

　내가 유배된 지가 금일로 이십 해는 넘은 듯하여 벗이
라고는 고작 앞을 서거나 때론 뒤서 오는 내 그림자인데
나야 벼슬 한 적도 없고 나라에 공을 세운 일은 더욱 없어
굳이 유배를 논할 까닭은 없지만 사람들 속을 겉돌고 있
는 것이 관직에 잘린 샌님 같던 것이다. 하여 우연히 강진
을 갔다가 하도 멋진 초가집이 있기에 거길 끼웃작거려 보
는데 예전에 다산 선생이 머물던 사의재四宜齋란 주막집인
것이다. 내 얼른 토방에 걸터앉아 구름 한 사발 둘러 마시
면서 옛 선비의 뜻을 새겨보는 것인디 아 이런 마당 평상
에 길손들이 모여 앉고 국밥 솥에선 관솔나무 타는 냄새
가 나는 것이었다. 말과 용모와 품행과 생각을 바르게 하
라는 사의의 뜻을 새기다 250년 앞서 간 선생의 뒤를 이렇
게라도 접하게 되니 유배의 생활이 뿌듯하다. 주모가 어
찌 알고 곡주 한 병에 나무새 안주를 내오니 내 한 걸음 세
월을 딛는 곳에 한 걸음 넘겨 가시는 다산의 그림자가 보
인다. 내가 취기가 돌아 정조 때 선생의 발걸음을 따라 걷

는데 해거름도 지나 어둑한 산길, 아름드리 솔나무가 칼날
같이 높이 서서 대금 산조 소리로 우는 초당 가는 길에 들
어서고 말았다. 달도 그림자가 있던가. 강진 바다 개펄에
둥그렇게 빛나는 그림자여. 손을 뻗는 연연年年한 오늘 밤,
250년 그림자로 길다.

손가락으로 난蘭을 친다

창문의 바람이 차다
소매 같은 긴 잎으로
얼굴 가리고 피어 있는 난을, 문득
손가락으로 친다
슬프게 살더라도
낙엽처럼 삭은 세상
손톱자국 같은 꽃은 피우지 않아야지
잎을 지나는
손가락 붓끝은 미리 핀
설움에 흔들리고
얼음유리에 그려진 난을
달빛이 꼭 쥐고 있다

눈은 분봉分蜂하듯 날리고

눈처럼 가벼워진 몸으로 문을 열고
벗어놓은 앙고라 옷은 문틈의 바람을 품었다
아랫목에서 오그려 떨던 부들이 분분히 날기 시작했다
어머니의 얼굴은 창백했다
이내 하얀 눈송이가 되었다
방에서 너울거리는 어머니의 몸은 눈에 섞여 나르고
나는 분간할 수 없는 눈발을 허우적거렸다
손바닥에 잡힌 눈을 연신 가슴에 넣었다
수만 송이의 눈 중에 어머니 눈이 어떤 것인지 분별할
수 없었다
내가 드러누운 가슴살이 푸석거리며 흙이 되어
어머니를 묻고 봄이 왔다
눈이 녹았던 물기가 갈빗대에 스며들었다
눈만 또랑또랑 살아있는 육신에서 복사꽃이 피고
꽃은 촉촉한 눈물을 빨아들이며 붉게 흐드러졌다
그 이듬해 그녀도 갔다

버드나무 같은 손사래로 돌려보냈던 것을 후회했다
눕혀져 일어설 수 없었던 고개를 넘어
떨어져 날리는 복사꽃잎 사이로 떠나갔다
되돌아 와 내 가슴에 눕는 꽃잎을 모아
상여에 띄워 보냈다

이십 년이 흘렀다. 나는 그녀가 근무하던 병원에 입원하였다. 입원하던 날 눈이 왔었다. 침상 유리창 가로등 불에 안긴 안개꽃 한 다발, 그녀는 등불에 내리는 눈이 분봉分蜂하는 것 같다고 했다. 내가 잊고 있었다. 내 안의 썩어 허물어진 동굴에 슬픈 애벌레가 살고 있었던 것이다. 벌레들이 날개를 달고 창 밖에 날고 있다. 그리움을 분봉하고 있다. 휠체어 곁을 지나치는 간호사를 돌아본다. 가슴 위에 떨어졌던 꽃잎이 난다. 그녀를 생각하며 시를 쓴다. 아니 그녀를 잊고 시를 썼다. 눈송이만큼 하염없는 애기를 해야 했다. 내 안에서 그녀가 꽃이 되어 날리고 벌처럼 분봉하고 있다. 그녀가 되었던 시들이 눈처럼 날았다.

겨울 밤 커피 한 잔

추운 밤 커피는 알이 꽉 찬 그리움이다

제 무게에 못 이겨 떨어진 고드름이 발등에 꽂힌다

조기들이 몰려오고 있다

아직은 봄이 멀지만 커피가 뿌옇게 녹는 것을 보면

얼음이 발등에서 녹고

남지나에서 지느러미 파장에 밀려오는 음파가

갯벌에 얼음 꽃으로 솟구친다

웃풍이 바닷바람 같은 방에서

커피를 마시며

산란의 꿈으로 몰려오는 조기의 소리를 듣는다

알을 품듯 커피 잔을 싸고

등대의 불빛을 부화하는 밤

그리움은 이렇게 찬란하다

발밑에 조기의 수로가 흐른다

겨울이 깊어갈수록

봄이 오고 있다

기러기 비창悲愴

날이 흐리지만

텃밭 눈을 파보면 햇살이 고여 있다

그 빛으로 눈을 닦고

마루에 앉아 하늘을 본다

기러기들의 행려行旅가 횡단열차처럼 지나간다

가보지 않은,

가리라 기약이 없는

연해주에서 우랄산맥을 돌아 모스코바까지 이어지는
횡단열차 차창이 보인다

눈에 고여 있는 빛은 그렇게 신령하다

낯설지 않지만 겨울 하늘 기러기를 보기만 해도

기러기의 얘기들이 보인다

백양나무 가지에 걸쳐있던 우울한 비창곡이 눈처럼 내
리고

기러기 울음 속에 묻혀있는

차이코프스키가 듣고 싶다

급하게 들어와 더듬거리며 찾는 시디CD,
녹슬어 고장 난 앰프를 아쉬워하며
불을 켠다
기러기 날아가는 등불 밑
엘피판 진공관이 울린다
기러기가 황홀한 2악장을 노래한다
눈에 고였던
햇살이 튄다

장독에 호박꽃 피다

바람의 몸통을 숭숭 썰어 삼키며
다디단 육질을 채우는 것은 호박밖에 없다
누런 인분人糞 팍팍 곰삭은 땅심으로
삼줄 같은 줄기를 뻗어 아기씨 낯빛 같은 초가실 달빛
을 핥는다
된 거름 빨아먹고 타는 갈증
오지게 부르터진 과실들 태풍에 맥도 못 추고 뒤둥구
는 것인데
호박은 궁둥짝 앙팡지게 담장에 앉아 있다
국사발 만한
맨 얼굴 햇노란 꽃
당당히 덩그런 수태를 하고 있다
다산多産의 들녘에서 모진 순박 덩실 끌어안고
바람이 불든
비가 오든
내 속만 누렇게 채우고 있는 호박

태풍을 몇 개 이겨내면 저렇게 뱃심이 솟는 것이라고
호박꽃 핀 장독이 웃고 있다

빙어氷魚

길이 끊기고

불빛이 쌓여있는 복도의 막다른 문을 열자

빙하氷河가 나타났다

얼음 벽면에 눈이 흘러가고

오래 전에 떨어뜨렸던 눈물이 고드름으로 열렸다

인생이란 잔인해서

내 눈물 내가 본 뒤에 떨어진다

내가 너를 잊지 않고 있었구나

떨어지는 고드름이 내 살의 벽을 뚫고

북해의 바닷물 속에 흔들림 없이 잠입潛入하는 것을 보니,

낭하를 돌아오는 휠체어가 삐걱인다

이 밤 내리는 겨울비는

누구의 그리움이냐

빙벽氷壁을 기어오르는

빙어의 울음이더냐

신발 끄는 소리 담으며 별은 떴다

시비詩碑에 무성한 풀을 베고
기단석처럼 아무런 미동 없이 앉아 있었다
매미들이 예초기 소리처럼 윙윙 울더니
뚝뚝 졌다.
노을처럼 흥건한 풀 내음
땀은 등을 타고 소금배 나르던 뱃길로 흘러가고
옛 노래 한 소절 걷어 올 듯 해거름의 그물들이
마을에 쫙 깔렸다
나는 우두기 일어섰다
비틀비틀 넘어가는 망치 소리가 들려왔다
아직도 덜 새겨진 글자 틈에는
후끈한 온기가 만져졌다. 하나 둘 일어서는 불빛들이
속눈썹을 깜박여 물끄러미 바라볼 즈음,
서해 갯벌 보듬고 구름 산들이 손짓하였다
풀을 베고 앉아 있는 내 그림자 넘겨다보는 별들은
아무도 찾아오지 않더라도

쑥부쟁이 잡풀들이 오목한 석각에 손가락을 끼고
시비 곁을 지키리라고 말하는 것이었다
백 년 전이었을까
신발 끄는 소리를 담고 별은 뜨고 있었다

갈대 곱사춤

사람 길에 사는 갈대는
사람 짓을 한다
남도南道 땅 갈대
바람 따라 눕지 않고
바람을 내젓는다
눈알 뒤룩거리며
소매단 걷어 부치고
요짝조짝 마른바닥 내리치며
춤을 춘다
지난 시한 몸을 부린
옥진이 춤을
갈대가 추는데
가는 바람 오는 바람
줄을 서서 휘청거린다
뉘엿뉘엿 지는 언덕 아래에서
소가 웃고

참새 떼가 멈칫거리다 뒤돌아 쏟아진다
하늘은 갈대 길 따라 가는가
하늘 천 밑자락이 노랗다
노란 하늘 길 따라 가며
곱사춤을 춘다
허리 말아 올리고
바지춤 올리고,

망초꽃길

낯은 데로 내려가는 물처럼

산 빛을 뚫고 막무가내 아래 지방으로 내려가는 길이
었다

유채꽃 피었던 들녘에 망초가 흐드러져 분분한 흰빛을
석양에 털고 있다

계절은 한 번 터지면 사그리 쓰러져 흙바닥에 내동댕이
쳐질 때까지

밀약 같은 연분을 하나 쯤 쥐었다가 계절을 타는 이에
게 넘겨준다

나는 아편 먹은 듯 게슴츠레한 눈으로 허망히 들녘을
바라본다

계절이 그렇게 가는 것을 애초부터 알고 있지만 여름 꽃
이 피었다 지는 것이 아프기만 하다

임병헐, 말 못할 애절한 사연이 없는데도 고불같이 아릿
한 염사만 생기던 지난날을 될이키면

망초꽃 같은 운명이 허허롭기만 한 것인데

　　석양을 등지고 가는 길에 곱던 낯바닥 한뽀짝도 성하지
않고 거무테테해지는 것을
　　뉘 탓으로 돌리랴,
　　내가 볼 일이 있어 아랫녘으로,
　　아랫녘으로 내려가지마는
　　다시 돌아오지 못할 것을 정히 걱정하지 않는다
　　내가 굳이 길을 져버리지 않으면 소싯적 풀피리 속으로
라도 되돌아 갈 수 있으리라, 오살헐
　　돌아만 가게 된다면 세월도 뒤집어 누려보고
　　무던히 찬바람 돌던 가시내 속내 같던 아린 그 시절을
　　싸그리 품어 안아 볼 것이다, 그렇지 망초들아
　　내 꽃들아

유월

유월의 헛간 사립 뒷길에서
그늘은 음침하여
산호 호박 푸른 먹빛의 욕설이
살이 되고
비늘이 되어
설마 내가 배암의 혀를 애무하였겠지
비온 뒤 미끈거리는 황토 길처럼
뜨거운 숨을 가파하는 여인의 허벅지를 부여잡고
그냥은 가지 못하게
꽃신 빠진 버선자국의 속살 벗겨내며
울고 있었겠지
그런 내 몸의 설움이 한 길은 되어
빛이 들지 않는 담 밑에 한 똬리로 웅크리고
혀를 낼름이고 있었겠지
마당가 감잎에 번들거리는 햇살을
육실 나게 욕하면서,

작두 샘 등물

엄니 등짝을 때려주시오
그때는 땟국짝 씻기느라고
귀때기 잡혀서 작두 샘에 끌려가 등물을 했었지라
"요놈아 춥긴 뭐가 추워 엄살떨지 말고 자빠져 있어"
그 호령이 녹슨 작두 안에 담겨 있어라
엄니만 오신다면
이 시한에라도 웃통 벗고
작두 샘에 엎어지겠구만이라
엄니, 내 등짝을 한 번만 더 때려주시오

제 **2** 부

그대 마을을 바라보네

그대 마을을 바라보네

그대 마을에도 밤이 들었는가
여기 불이 돋는 걸 보니
밤이 되었나 보네
나는 밤이 좋아서 잠들지 못하는 것이 아니네
그대도
외로워 잠이 들지 못하는가
내가 그대를 찾아 가지 못하는 것처럼
그대도 나를 찾지 않네
수척한 모습이 부끄러운 걸까
먼 마을 방문 불들이
하나 둘 꺼지네

봄앓이 그리움

봄은 천천히, 아주 천천히 저물면서도 한사코 손을 내밀
어 탱자꽃잎 같은 지 낮빛을 석양에 밀어 넣더래,

탱자울 돌아오면서 눈길 닿는 가시에 아리리 찔리는 봄
앓이 그리움,

봄은

툇마루에 걸터앉아 천천히 식는 붉은 빛을 어여쁜 손길
로 나물 다듬듯 얼러 가실 진노랑 탱자알 때깔을, 미리 빗
고 있더래

들길을 걷다

살다보니 소소함이 좋아진다
들이쉬는 공기 한 줌이
장기臟器의 샛길을 돌아 나오는 것도 귀하여
우리 동네 곧올재처럼 마냥 긴 소장小腸과
뙤린 방죽 같은 방광膀胱에도 머물다 왔겠거니 하는 것
이다
그리하여 가슴을 쥐어뜯어도 잊히지 않던 첫사랑은
그냥 쓸쓸함이 드나드는 강변 같아서
잊고 살다가도 가끔 한 번씩 떠오르는 것이 활기가 돋
는 것이다
그립고 아프고 괴로운 것들이
살아가면서 들이쉬었다 뱉는 숨에 닳고 닳아서
겨우 더듬어 떠올려야지만 희미하게 기억나는 것이
인생이라 느껴지니
나도 많이 살았구나
이러다 이루지 못한 사랑 탓에

연분이라는 것은
싸릿눈 빗자루에 쉬 쓸려버리듯
나에게는 풀풀이 왔다가도 금세 가버리는
허심한 일이겠거니
하, 내 이리 허망하다
그러나 되게 잘못 꼬인 인연이
꼬투리 찾은 엉킨 실타래처럼
풀리는 것도 다행이다
얼음 뚫린 도랑물에서 격한 사랑 나누는 겨울 오리들
더러 소란하긴 하지만,
나는
나직한 숨을 내쉬며 들을 걷는다.

송이도松耳島에서 초분草墳을 보다

내 좇는다 니 좇는다

죽창 내미는 괭이 갈매기 울음에 옆구리를 찔리면서 어질어질 멀어지는 계마항

나는 마룻바닥에 나자빠져 있는 덜 짠 걸레처럼 척척히 아랫도리를 적시는 뭍의 사타구니를 빠져나갔다.

양수같이 질펀한 서해바다로 여러 배 낸 어미 소가 송앙치 낳듯 수월케도 큰 섬에서 미끄러져 뚝 떨어진 바윗덩어리 칠산 섬을 돌아서

당골네 입담같이 씨불거리는 땡볕이 내리쬐는 송이도 선착장에 내리고서야 냅다 내빼는 갈매기들을 바라보았다.

몽돌 조약돌은 뻘떡기처럼 쫙 벌어져 사그락사그락 물에 깔깔이 낯바닥 때꼽을 씻어내고 그 너머 조개를 엎어놓은 듯 모여 있는 섬마을 집들,

고스란히 섬에서 늙어버린 할매가 문 앞 조개껍데기 텃밭에 앉은뱅이 마냥 쪼그리고 앉아 호미질을 하는 것에 눈이 시렸다.

송이도 할매는 폐그물로 농익은 세월을 치마 두르듯 감
고 "뭇을 심소 할매" 하고 묻는 말에 듣는 신척도 없이 버
짐 핀 미소만 띠우고 있다.

산길에 바람 한 짐을 휘청휘청 지고 가는 애기 봉분 삐
비꽃들,

송장 겨우내 삭힌 짚불 초분이 뒈께 넘어 섬 목마르게
갈라진 갯바닥을 저승 보 듯 아련히 바라보고 있다.

나는 풀내 나는 찐득한 소똥을 밟고 초분 위에 올라온
엉겅퀴 잎싹에 손을 내미는데 살은 썩어 잘 익은 고추장
새곰한 냄새가 났다.

송이도 앞 바다에는 섬에서 나서 섬에서 살다 섬에서 죽
은 섬사람들의 얘기를 꽹이 갈매기가 쪼아 물고 바닷물
에 헹구고 있다.

손을 뻗어 염판장을 내듯 꽹이 갈매기들에게 소리를 내
지른다

날자, 훨훨 날자

물을 박차고 날자
서해바다를 들여다보며 날자
내 좆는다 니 좆는다
송이도에 몸을 부린 초분 넋을 물고 저승을 가듯 날자
훠이,

병실에서 바라보는 첫눈 풍경

망년의 원고지 칸에 눈이 떨어진다
고공 낙하 표적으로 찍혀지는 고딕 방한화 글씨체
큐알 코드처럼 불입되는 암호
네모 칸의 밀폐 공간을 탈출하는 설빙雪氷
입김으로 불어 녹이는 첫눈의 설경雪景

겨울 텃밭에 양파를 심다

나뭇잎 떨어지고 풀 쓰러진 텃밭에
양파를 심는다
쇠스랑으로 풀뿌리 캐내어 모퉁어리에 쌓아놓고
서리 몇 번 와 부스러진 겨울 땅에
푸름을 박는다
왼손 중지로 구멍을 내고 오른손 검지로 넣는 모종
그믐 골을 치고 섣달 두룩져서
언 땅에 익어가는 알맹이 뿌리
한 껍질 위에 겹 껍질
그 껍질 덮는 또 다른 겹 껍질
그렇게 싸면서 삼동을 이겨내어
만지면 눈물 떨구게 하는 아린 향을
올 겨울 내가 키워내고 있다
몇 겹의 눈 털고 오는 봄
얼음 물 마시며 굵어진 독한 겉살,
너만은

만져서 울게 하고 싶다.

움

이를테면 이를 왕당 물어 은행 알 껍질 까듯 새움이 톡톡 돋는 것을 우연히 들길을 걷다 들었던 것이다. 얼었던 물도 녹아 흐르는 소리를 들을 수 있어 내가 앞을 훤히 볼 수 있는 멀쩡한 육신인데도 눈을 감고 심봉사 황성 가듯 더듬어 가는 것도 다 쪼록쪼록 흐르는 시냇물 소리를 듣기 위해서다. 그러다 보면 내 오목 가슴에서 아리리 하여 서늘해지는 기운이 목덜미에서 감돌다 또 다시 아래로 내려 사타구니 밑으로 옴팍하니 고이는 것을 봄기운이라고 말하긴 그렇지만 들 가운데 한나절만 서 있으면 바람도 감돌고 하늘도 기울어 내 몸으로 쓰러지는 것을 느꼈던 것이다. 설마 뾰드록지 같이 돋아나는 이것들이 요상케도 내가 한 여름 날 육탕질하며 컥컥 숨이 넘어가는 욕정의 움일까 그리 생각되었던 것이니, 아무튼 새가 기웃거리다 푸득 나는 것에 눈이 따갑고 시냇물이 저리 칼칼히 내 귓전을 돌아가는 것이 예사치 않다.

빙어氷魚 2

새벽 눈길에 두 줄기 치열한 평행의 발자국
누군가 지나갔을 터이지만
빙어들이 밤새 헤엄쳐 간 것이라고
막바지 겨울에 내몰린 읍내의 아침을 열면서 골똘해지
는 것이다
정신착란의 바람이 비늘 같은 생각들을 뒤척이고
곧장 내달아 강에 빠져버린 발자국 따라 물이 밀려왔다
읍내는 불빛을 담고
무량한 깊이의 강물이 고였다
빙어 떼가 밀려와 내 안의 삼라森羅에 회유한다
마지막 폭설을 기다렸다
그런 일이 있던 날
눈길 읍내를 돌아 집에 든다
유영游泳의 신발을 벗고
살에 붙어있는 은빛 비늘을 벗겨낸다
빙어가 몰려가며 피리를 분다

동진강東津江에 떨어진 별 가락지

어제 떴던 별들이 동진강에서 손을 씻고

오늘 부안扶安을 거쳐 익산益山에서 일을 본 뒤 다시 넘는
강에서 내가 낯을 씻는다

별들이 손을 씻다 잃어버린 반지가 내 손에 건져 올라
온다

별빛처럼 남아 있는 어제의 일들을 만지작거리면서 별
의 이름을 읽는다

일 년 만에 찾는 익산 영모묘원永慕廟院 어머니

묘지의 별들이 마중을 나와 동진강에 떠있었다는 것을
반지에 새겨진 표기로 알았다

어머니께 절을 드리고 잔디에 볼을 묻었다

큰상 받아 오겠노라고

가을 운동회 때 벗겨지는 검정 고무신 쥐고 맨발로 뛰
던 아들

뒤따라 만세를 부르며 달려오는 어머니 저고리 화환 같은
꽃 들고 오겠노라고 약속을 한다

내 맹세가 별의 손가락에서 떨어진 반지에 적혀진다
한 해 동안 쌓였던 어머니에 대한 그리움
돌아오는 길에 하얗게 화장하여 동진강에 뿌린다
이제 강을 건너면 어머니께 오는 가장 먼 길이 된다
백미러 사각의 거울에 강의 꼬리가 사라질 때
내가 쥐었다 손가락에 끼어봤던 별 반지를 창밖에 내
건다
동진강은 내 안의 요단강
어머니는 나의 종교다
밤하늘 별 사이에
동그란 가락지 떠 있다

나 그대 곁에 오래 머물러 있다

아직 삶이 끝나지 않았는데

나무는 쓰러진 뒤 별을 덮고 누워 있다

지난 바람에 떨어진 별이려니

별도 아련한 눈빛을 감지 않고 있다

할 말은 남아 있지 않으나

끝나지 않은 삶의 눈빛 거둬 갈 사람 기다리고 있음이라

어떻게 살았는지 서로 묻지 않고

어깨를 묻고 노을을 등지고 앉아 그림자만이라도

연리지가 되고 싶은 꿈이 남아 있는데

가을의 강을 발 벗고 건너기 전

태풍에 넘어진 나무 담에 기대어 누워 있다

나 그대 사랑을 안아 줄 수 있으면 좋으련만

나 아직 그대의 사랑에 미치지 못함으로

다만 드러난 뿌리에 흙을 덮고

낙과한 별들을 주어

그대의 목마른 잎을 축이며

나 그대 곁에

오래

머물러 있다

2013년 1월 20일 새벽

내가 보는 별들은 선사 공룡의 눈빛에 담겼던 별이라 할지라도 내 눈 안의 소쿠리에서 출렁이고 있음으로 저 별들은 내 별이다. 오늘은 하늘을 쳐다보지 않아야 하는데, 오늘은 그냥 울컥 쏟아지는 눈물도 삼켜야 하는데 나는 숨을 쉬고 글을 쓰고 있다. 평생 고시 공부만 하다 술독에 빠져 살던 친구 놈이 중환자실에 혼수로 있다고 한 번 보지도 않은 그놈 딸의 전화가 왔다. 그놈의 하늘에도 내가 있었나보다. 수첩에 몇 안 되는 친구들 전화번호가 있어 연락을 드렸노라고, 만도린 소리가 들리고 눈을 날리며 달리던 겨울열차가 나의 별들의 마을에 서있다. 무슨 영화가 이렇게 슬프냐. 아이는 해야 할 일을 했다는 듯 아무렇지도 않게 부고를 돌리고 전화를 끊었다. 우리는 처지가 비슷하여 외로움이 빈 배에 닻을 내리는 소리가 날 때 연락을 했었다. 아직도 살아 있는 것을 서로 위로하며 나락의 빙벽을 허허로이 웃어넘겼었다. 별들은 그대로인데 내 눈 안에 그려진 별 하나가 지워지고 있다. 나는 인류 이전의

지의류地衣類가 무성한 지구에서 하늘을 바라보던 파충류
의 푸르고 맑은 동공으로 별을 보고 있다.

새벽길

아버지 가시는 새벽길은
모두 지게길입니다
오랜 투병 여윈 가슴으로 짊어진
지게의 품은 넓어서
골목 탱자 울을 가득 흔들고
길 언저리 남새밭을 토닥토닥 깨우며 가십니다
일어나라
일어나거라
한 해 봄을
버드잎 같은 몸으로 삽질하여 일궈 놓으시고
느닷없이 일어서 가시는 상여길,
텃밭 울 넘어 고추며 오이 가지들
그렁그렁 열려 아버지 지게 진 새벽길을
아슴히 보고 있습니다
아버지 돌아가시는 길에는
이슬 밟고 키우신 것들 다 남겨 놓으시고

농투성이 애환만 지고 가십니다

물잠자리

끝자락 첫자락을 맞춰 개어뒀던 날 햇살을
고이 펴서 받아낸 푸른 핏덩이 녹음
배냇저고리 입고 날아가는 물잠자리
물빛 그늘 거슬러 여름 골짝으로 쉬러간다
지난 정월녘부터 사푼사푼 날아왔던 시간들이
칠월의 개울에 내려앉는다
물잠자리, 그림자가 흔들거린다.

쥐 발자국 그리기

살아남기 위해서
숨을 죽이는 시렁 밑
가난한 집의 세간에는
쥐들도 많다
고래같이 깊은 밤
먼 들창 별빛을 보고
헛간 감자 망태나
다락의 씨종자 종지로 드날거리는 구멍을
책사策士처럼 세고 있는 쥐들은
주린 배 움켜쥔 채 젖을 물리고
볕에 씨를 넣으며
밭둑에서 저물도록 일을 하는 것을 알 리 없다
아이 입에 넣어 줄 아껴둔 씨감자 한 알이나
기명 물통에서 통통 부은 밥알까지
쥐들의 입 속에선
단맛이 나는 것이다

그리움 갈이

얼었다 풀렸다

겨우내 헝클어진 허공을 갈아 뒤엎는 아지랑이

아지랑이 쟁기 날에 겨우내 묻어두었던 하늘 속살들이

풋내 풍기며

봄볕 곁에 파헤쳐진다

연두 연두 녹초록 움들이 물기를 닦고 몸을 말리는 사이

뽀르릉 오르는 종달이 울음

모았다 흩어지는 풍경의 벌건 살갗 빛

어이할까

진종일 밭갈이 하여도 겨울앓이 하던 내 가슴 잔돌들

아지랑이 등걸에 나뒹구는 아리고 슬픈

갈리지 않는 내 그리움의 알갱이들,

손 씻기

손을 쥐었다 펴면

그 안에 강이 있어서

푸들거리며 뛰어오르는 연어들

산란의 몸부림을 뒤척이는 강바닥 모래톱에

뿌옇게 일어서는 욕망,

어느 날 산사의 귀퉁이에서

떨어지던 물방울이

천지간의 골과 산자락을 흔들고

그도 모자라 풀잎들의 푸른 겉살과

성감대처럼 미치도록 길게 뻗친 잎맥들을 떨게 하여 부
서지던

새벽 천공의 새소리

손바닥 가는 금에 모아져

철철철 흐르는 것,

행여 이별을 탓하여

괜실히 살아온 날을 허물하였던 것

땡볕 한 번 보지 않고 평생 맑을 수 있는 강이
내 안에 있었다는 것을 알고부터는
쓸쓸하지만
그래도 선량히 흐르는 개울물에서나
쥐었던 손을 깨끗이 씻어보리니

제 3 부

새가 앉았다 날아간
나무만이 숲을 얘기
할 수 있네

새가 앉았다 날아간 나무만이
숲을 애기할 수 있네

새가 앉았다 날아간 나무만이

숲을 애기할 수 있네

숲처럼 어두운 빈 방에서

슬픈 눈빛을 등불에 흘려보내며

푸른 그림자를 드리우고 앉아 있을 때

나는 숲 속의 나무가 되네

날개를 펴득일 때마다

물에 젖은 깃털처럼

어둠에 빠져드는 고독

언제부터인가 내 마음에 키웠던

새가

내 곁을 떠난 뒤로

나는 인생을 애기할 수 있었네

푸름은 푸름으로 덮어 두어서는

숲이 되지 않음을

스스로 새가 되어 노래할 때까지는

나는 빈 방의 숲 속에서 침묵하였네

방안은 새가 떠나간 빈 둥지의 어둠
태초의 여명을 갈래 치던 고요가
나무 숲 그림자로 벽에 걸려 있었네
고독만이 이따금 깊은 울음을 토해내어
산과 산이 공명하는 울림으로
물방울처럼 떨어져 스며들었네
방 안의 깊은 빈 구석은
푸름의 꿈이 포승줄처럼 늘어지고
나무가 나무 곁에 존재하여 숲이 되는 이유를
붙들어 매지 못할 때
새는 푸른 빛살을 털어내며
침묵의 공간에 날아들었네
나무와 나무는 밝음으로 눈을 뜨고
고요하지 않은 것은

고요한 것보다 고요함을 얘기하며
빈 방의 숲이 전율하였네
둥지는 새의 체온이 실핏줄로 전해져
방안의 따뜻한 온기를 드리우고,

숲은 그대로인데도
어둠 속에서 나무들은 곧게 서고
욕망이 방바닥에 속뿌리로 자라므로
나이테에 감기는 세월
새들은 습관처럼 커튼을 쪼아
바깥세상을 내다보고
빛이 새의 날갯짓보다 빠르고 현란하게 새어 들어오면
나무들은 살을 맞은 것처럼
벌거벗은 몸을 움츠렸네
나무들이 모여 숲을 이루지만
빛이 들어 푸름이 벗겨진 자리에는

서로의 일정한 거리를 인정해야 하는 외로움이 있고

풀과 새와 그리고 숲의 적막이

깊은 어둠에 드는 것을 원했네

숲의 시간들을 부리로 물고

나무 뒤로만 숨는 새소리가 빈 방에 가득 차고

나무들은 벗었던 옷을 입어

방 안은 푸름이 짙어가는데,

새들은 일제히 지느러미처럼 펼쳐지는

슬픔을 노래하고

등불이 빚어놓은 그림자들이

투명한 물 바닥에 얼굴을 새기며

옹기처럼 깨어져 형체를 잃어버린

새벽빛의 세계를 안타까이 바라보았네

그 여자는 이중적이어요

순진한 미소로 다가왔다

창 너머 달아날 땐 불덩이 같은 석양에 교태를 부리는
저녁 햇살 같아요
찌르륵 찌륵 찌륵
밤마다 전화가 왔고
빈 방의 숲 속에 목소리로 숨어들어
마지막 인사가 숲 속에 묻힐 때까지
그녀의 목소리가 옷깃을 끌며 빈 방의 숲을 돌아다녔고
끊임없이 웃고 놀리고 사랑을 속삭이다
꽃처럼 시들어 잠이 들곤 했어요
누군가 곁에 있어야 하고
누구보다 뜨거운 가슴을 가진 그녀를 위해
시를 썼어요
저녁 숲 새소리 같은
찌륵 찌륵 찌르륵
푸른빛들은 파장을 일으키며
독백을 지껄이다가 천천히 빠져나가고

숲 속의 빈 방에 등불이 꺼질 때
나무와 돌들과 작은 풀들과 잎들이
자기들의 그림자를 그리기 시작하였네

숲이 깨어남으로
잠들 수 있었네
방바닥과 천정에 푸르른 새소리
나뭇잎은 빛을 굴절하며 흔들리고
바위틈에서는 맑은 물이 흘러
발가락과 손가락 사이,
겨드랑이와 머리카락 사이를 오감의 끝자락까지
시원하게 넘치므로
수많은 밤을 깨어 떠돌아야 했던
숲 속의 고독이,
습윤의 숙면에 들 수 있었네
나무들은 자유로이

자신들의 푸름을 서로의 형상에 겹치고 겹쳐
하나의 푸름을 얻어내고
모든 것이 눈을 떠
분방함으로 은밀히 지켜지는
숲 속의 비밀은
스스로 평온을 찾게 되었네

나는 보았네
숲 속의 길에
충혈된 불빛을 싣고 가는 열차를,
짧고 극적인 마찰음을 내며
두 줄기로 뻗은 고독 위를 달리는 그리움은
막연히 숲 속의 안개를 뒤따랐네
기적이 울고
들숨과 날숨을 쉬는 빈 방의 문으로
외항에 뜬 별처럼 외로운

밤의 잔해들이 쏟아져 퇴적하였네
가버린 것은
오지를 않아
역사의 주마등이 숲을 향해 기울고
단 한 번의 이별을 실어내던 철로가
풀섶에 묻혔네
숲은 숲으로서만 푸르러
혼자 남아 외로운 방안에 안개가 걷히고
풀꽃과 새와 나무와 잔영들이
깨어나는 것을,

햇살이 숲길의
풀잎에 맺힌 물방울을 터뜨리며
물고기 비늘에 반사되어 솟구치며 숲 속으로 흩어졌네
오랫동안 숲에 있었음으로
몸의 부분 부분들이 푸른 물이 들어

숲이 되어가는 진통은 점점 멎어가고
문득 거울을 비춰 볼 때
숨결과 눈빛만이 푸른 숲이 되어버린 모습으로
어렴풋이 남아 있었네
새들도 숲의 빛을 털어내고 옮겨다님으로
자신들의 빛깔을 잃지 않고
빈 방의 숲의 숙명을 얘기하였네
나무와 나무를 휘어 감고 숨어드는 새소리는
어떤 울림도 없었지만
빛과 어둠으로 떨리는 창문 사이로
햇살에 떠밀려 아침이 오고
숲 속에 있음으로 잊었던 일상들이
풀처럼 돋아나네

샘물을 들여다보면 알 수 있네
살아 있음으로

못다 지은 죄 남아 있어

누군가를 사랑하고 그리워하며

숲처럼 우는 것을,

숲의 눈물이 아직은 뜨거운 피 흐르는

실핏줄 벽에 물방울로 맺혔다가

나무뿌리와 풀뿌리 바위틈을 거쳐

숲의 어느 하늘

물빛 떨어지는 샘물이 되는 것을,

샘물에 비친 눈과

바라보는 눈이 마주쳐

숲에 흐르지 못하는 눈물 떨어질 때

한 세상 부끄러워

파장을 일으키며 숲의 잔영들을

샘물 밖으로 밀어내는 것을,

내가 그대를 기억하고 있다 하여도

그대는 나를 잊어버려요
새소리를 비껴 숲 속에 숨어들었던
그대의 숨소리와 속삭임이
물길에 닿는 곳에 멈추어 푸른 이끼로 자람으로
나무보다 더 짙게 숲 속의 빈 방을 지키느니
그대는 자유로이 내 곁에 있는 거여요
나 언젠가 그대 몰래
이중창이 있는 그대의 집을 찾아 갔어요
창은 어둠을 가리고 있었으나
그대의 창이 밝았음으로
가로등이 가늘고 긴 흰 손을 뻗어
그대에게 평온을 쥐어주고 있었어요
숲의 노래가 피아노 소리로 흘러 나왔고
우리가 우리의 방에 숲을 지었던 것처럼
수없이 많은 도시의 불빛들이 생명의 불꽃 춤을 추느니
딩동댕 딩동댕

내가 새가 되어 노래하듯이

그대는 피아노 소리로 삶을 애기 하고 있었어요

가로등 불빛이 하얗게 쌓여

그대 모르게 오랫동안 날갯짓을 퍼득였음으로

도시의 숲으로 피아노 소리가 흘러갔어요

저들이 저들만의 푸른빛으로 빛날 수 있다는 것은 놀
라움이어요

방 안은 한동안 그녀의 창에 불빛이 꺼질 때까지 보았던

도시의 밤풍경이 가득하였네

돌아오는 길에 따라왔던 피아노 소리를 지우며

이끼가 돋고

서로가 만나지 않아도 인연은 숲 속의 어느 곳에도 남
아 있음으로

도시의 불빛으로 잠시 잃었던 숲의 푸름이

다시 짙어가는 것을 보았네

날개가 부러진 듯

풀썩 주저앉는 한나절을

바위는 버티고 있었네

연중 마르지 않는 물이 숲으로 흐르고

숲에서 나와 숲으로 돌아가는 회귀의 줄달음이

패인 홈을 따라 이어졌네

인생이 그런 것일까

바위의 골을 따라 흘러

날기를 체념한 새처럼 날개를 접고

곧게 떨어지는 물줄기

견고한 신념과 교리 위를 미끄러지는 숲 속의 사유들이

낙화하였네

종소리 울리며 떨어졌네

낮과 밤이 없고

오직 새벽만 잠시 왔다 가는 숲 속의 빈 방에

저렇게 많은 고독이 쌓여 있을까

저렇게 많은 반짝이는 삶들을 바위에 새기고 있을까

정과 돌이 부딪는 소리로 종이 울렸네

세상의 아름다운 언어들은 신성神性을 깨닫지 못하고

외로운 시인의 가슴만을 흘러갔을까

숲 속의 바위가

낙화하는 물줄기를 소沼로 가두었지만

종소리가 퍼져 나가 듯 숲으로 자유로이 스며드는

숲 속의 삶의 언어를

바위는 닦아내고 있었네

숲을 지나 다시 흐르는 물줄기로 씻어내고 있었네

비가 오는 줄 알았는데

이슬이 내리고 있었네

나는 풀잎으로 몸을 가리고

이슬이 물방울로 모여 구르는 틈 새로 벗겨지는

숲의 빛깔을 물끄러미 바라보았네

시가 없었다면
외로움으로 죽어 갔을지 모를 일이야
세상 밖이 선연히 보일 듯한 창에
손을 가져갔네
손가락에 묻은 물의 포자끼리 뭉쳐 굵어진
이슬방울을 마실까
나무처럼 풀처럼
자신의 슬픔도 땀내음도 닦아내는
이슬만 받아 마시며 살아갈까
숲 속의 방에 이슬이 비처럼 내리고 있는데
이미 그리움의 비옷을 입고 있는
내 몸은 젖지 않았네

숲을 걷다 보면
두레박처럼 내려오는 거미를 볼 수 있네
번지 점프 같은 거미의 활공

방은 온통 푸르러 깊이를 알 수 없는데
거미는 숲의 내면을 가늠하고 있을까
세상이 넓게만 보이고
어느 곳에도 정착할 수 없어
한 마리 나비가 되어 유랑하던 시절이 있었네
사랑이 온 몸을 포박하고
핀셋과 핀이 되어 날개를 꽂아 놓는다 해도
갇혀 있다는 것은 절망이었음으로
날개가 뜯겨진 채라도 날아가야 했었네
은백색 체모를 떨어뜨리며
파르르 떠는 청춘의 날개를 접을 때
나는 왜 거미가 위대해 보였을까
날지 않아도 나는 것들을 포획하고
날개가 없어도
나는 것만큼의 높이를 유지하는 도도함이여
세상의 빛으로 드러낼 수 없는

타액의 그물로 덫을 놓아
맹목적 자유를 쫓는 것을 응징하는 칼날이여
숲의 푸름을 뚫고
긴 다리의 근육을 오므리며 거미줄을 오르는
거미의 눈빛이 번뜩이네

숲 속에서는
덩굴로 자라는 언어들이
푸름에 취해 잠 든 나무의 육질을 어루만지며 기어오르고
사위로 펼쳐진 잎들은 숲의 내음을 맡고 있었네
덩굴은 굳게 뻗은 물체를 의지하지 않고
기어이 나무보다 더 높이 올랐네
나는 당신을 알 수 없지만
몰입하는 한 지점을 향해 멀어졌다 다가서는 시계추처럼
한 눈금의 시간을 채우기 위해 당신의 전화 벨 소리를
기다렸다면

그대는 이해할 수 있을까

한 바가지 샘물로 남아 있는 생명을 축이며

그대에게도 적셔 줄 한 모금 물을 남겨놓는 이유를 알
수 있을까

엎드려 그대에게 시를 쓰는 동안은

그대의 외로움을 감는 긴 호흡을 느끼느니

숲에서는 사색이 깊을수록 고독한 언어의 줄기들이
잎을 피웠네

제 4 부 화엄

첫눈

첫눈이 오는 창공에
12척의 판옥선이 떠간다

승자화통이 품어 대는 눈
애기살이 바람을 뚫는다

용장勇壯이 짚고 있는 청죽靑竹
아홉 마디

깨꽃

부하똥밭 고랑 사이 깨꽃처럼 서서 호미 든 손 흔들며 손자를 부르던 할머니

미영 무시처럼 뾰쪽 선 가지봉 밑으로 백일홍꽃 눈처럼 하얗게 날려가던 배미티

백일홍 그늘에 걸친 초가지붕 안으로 할아버지 제삿날 모여 든 식구들 웃음소리

불갑산 자락을 보도연맹으로 둘레둘레 피로 덮던 날

밤손님 종자 곡식 긁어 밥해준 죄로 끌려가 밥사발만한 옆구리 총구멍 움켜쥔 채

샘물에 촉촉이 적신 새끼로 묶인 팔목 내저으며 달음질하여 달아나다 논고랑에 입을 대고 돌아가신 할아버지 제삿날

새끼들 살아서 자손들 얻고

모깃불 놓고 덕석에 모여 쟁깃날 같이 여린 골 질기게 타고 살아 온 할머니 품에 안긴다

여름 밤 푸른 하늘 속으로 연기가 오르다 사라지고 곶감

쥐어주던 할머니 손길처럼 다순 별들이

　할머니 새벽 물 긷던 물독에 비친 샛별보다 맑게 빛난다

　헤어져 사는 가족들, 어른은 어른대로, 애들은 애들대로 화기애애한 사이로

　해마다 들려주시던 먹먹한 할아버지 이야기,

　식구들 반가운 웃음 뒤에 앉아 '그 시절은 그랬시야' 하시던 할머니 넋두리가 이제야 들린다, 할머니 따라 아버지, 삼촌들 가신 뒤에 들린다

언덕 밭

어머니 깨를 터시다 가신 밭 언덕에 걸터앉아

노을로 눈시울을 닦는다

아버지 그 밭에서 장딴지만한 무를 캐시던 날

어머니 부뚜막에서 무 곰국을 끓이시고

우리들은 펄펄 끓는 온돌방에 발을 모우고 잤다

솜이불 속 아랫목에 누이 둘 빠져나간 몇 해 후

느닷없이 어머니가 발을 빼시고 눈길을 떠나셨다

뒤돌아보시는 어머니께 동생들은 걱정 말고 편히 가시
라고 약속하고

언덕 밭에서 석양을 봤다

셋째 막내까지 깃털이 돋아 빠져나간 방에

군불을 지펴 아버지 병환을 돌보았다

아랫목에 묻어놓은 밥 한 그릇마저 못 드시고

아버지도 발을 빼고 가시는 날

지체 장애 동생 데리고 언덕 밭에 가서 노을을 봤다

눈 안에 구름이 가득 차서

한꺼번에 쏟아지는 소낙비 같은 눈물을 동생 몰래 흘
렸다
해는 지고
내일의 해는 다시 떠서 지는 밭에 발목을 묻고
몇 해를 살았다
언덕 위에 선 나를
석양이 넘어가고서야
돌아오곤 했다

허공에 방류하는 치어稚魚

눈의 평등은 수직이다

손끝에 녹는 여림으로 수직이다

솜털의 보송함으로 수직이다

물이 증기로 대기의 상층에 수직으로 올라서

하늘의 바다를 회유하고

땅의 바다에 물의 입자를 산란하기 위해

수직으로 하강한다

눈이 지붕에 머문 뒤

고드름으로 걸렸다가

방울방울 떨어진다

마당에 수직으로 깨어져

수직으로 땅을 뚫고 지하로 흐르든지

땅에 저항하며 바다로 가는 것이

눈의 사상이다

물과 물이 모여

낮음과 높음이 없는 물의 어미 자궁에서

수평으로 파도를 만들고
아련한 수평선을 그리다
수평으로 죽는 것
눈의 자유다
허공에 방류하는 물의 치어들
수직으로 떠오르는 고드름을 꿈꾸는 날
눈이 물 되어 생물들의 기원을 이루고
해가 부르면 수직으로 상승한다

순수시를 쓴다

두들겼으나 열리지 않는 문 앞에서
깃발을 내려놓고 숨을 돌린다
사람 물결은 도도히 흘러가는데
물가에서 물장구를 쳤던 구호나 함성들
참여시를 쓰고야 말았던
목 때와 귀밑 땀을 씻는다
그래 목은 쉬지 않았던가
그래 남겨진 분노는 삭이지 않았던가
이제는 시를 쓸 때
시대를 건드려 보지 않은 자가
거리에서 시민의 발자국 소리를 받아 적지 않은 자가
순수시를 쓰겠는가
사람의 얘기를 쓰겠는가
세상은 변하지 않더라도
변하지 않으면 살 수 없는 사람들
그들을 위하여 촛불 한 촉 올려야 할 때를 기다리며

꽃을 바라본다
바람을 품어보며
사람 냄새를 호흡한다
문을 닫고
순수시를 쓴다

휴가

나는 늘 휴가다

밭에 갔다 집에 들어와 등물을 하면

그것이 휴가다

주방에서 밑반찬을 만들고

널었던 빨래를 갠 뒤 소파에 등을 기대면 휴가다

방에 앉았다 토방 그늘에 아껴뒀던 바람을 쐬면

그게 휴가다

하우스에 널어뒀던 고추가 어떻게 마르는지

뒤지게 덥다가 한꺼번에 물을 퍼붓는 날의 조바심,

날씨 따라 까맣게 타들어 가다

소나기 맞고 물때를 밀면서 쫓겨 다니는 여름

하루에도 몇 짬씩 휴가다

땀을 씻어낸 몸을 구부리고

나방이 교접하듯 신문에 눈을 붙이고 있는

한낮이 휴가다

가을 졸음

나락들 기어이 넘어지지 않았다

갓길 논고랑으로 풀들의 머리채를 끌고

태풍의 잡군들이 우렁우렁 기어가고 있다

방앗간 양철지붕 너풀거리는 여름 뒤께

그 길모퉁이에서 담장을 넘어갈까 말까 지질이도 망설이던

초닥달 가을 풀꽃들

떡시루 면포 덮어 쌀가루 찌듯

모락모락 달빛을 올려내던 널따란 가을 밤 하늘을

발간 낯빛 수줍음으로 보고 있다

풀뿌리에 켕겨 넘어지던 입추의 찢어진 심사

이래도 안 되고 저래도 안 되는 헝클어진 인연의 들녘

겨울로부터 봄과 여름은 끝나고

뜹드름한 푸른빛이 돌다가 살포시 익다 떨어진 낙과를
망태기에 주어 담고

비바람 대차게 들이치는 폭풍의 밤들

불면의 눈두덩에 덮이는

가을 졸음을 닦아 낸다

허수아비 처세

해줄 것이 아무 것도 없을 때는
침묵해야 한다
비가 오지 않는데 우산을 들고 있는 허수아비는
휘청거리는 것이 일이다
건들건들 허접하게 보이는 것이
허수아비의 처세다
새들 쫓아 고운 때깔 곡식들 혼사나 추수될 때도
들에 혼자 남는 허수아비
춤을 춘다
구멍 난 모자 사이로 눈발이 지나가며
허수아비 세월이 낡는다
들고 있던 비닐우산
하늘에 솟구쳐 겨울 산을 넘는다

어떤 봄날

어쩔거나
가기 전에 붙들어 보기라도 했을 것을
문지방 넘고 논둑 지나 방죽 길
햇푸르던 소매 끝에 한 철 잠깐 머물렀던 빚을 갚기라도 하듯
지천으로 화계살 같은 꽃을 펴서
물기를 빨아올리더니만
한나절 눈빛 촉촉한 연록을 남기고
이내 가는 봄이 아쉽다
나는 탁주 한 사발 벌컥 들이키고 진달래 피고 남은 끝
물 붉음으로 취해
사는 것이 죄라서 떠나는 봄날을 이제야 붙들거니
뿌리치진 않지만
손에 닿을 듯 말 듯 멀어지는 제비꽃 한 잎
손톱에서나 포르르 날으는
모시나비 봄빛

겨울 강

지붕에 잔뜩 눈이 덮인 밤

연어들은 불빛 속으로 파닥거리며 파고들었다

지느러미에 파열하는 백열등의 빛입자

바다에서 돌아 온 연어들은 겨울 강을 거슬러

다시는 돌아가지 않을 바다의 기억을 토해내며

장구 소리 같이 토실토실한 알들을 품어내는 것이었다.

연어들이 만삭의 불룩한 배를 흔들며

하얀 들녘의 속살 헤집어 불빛을 까는 동안

암별을 쫓아 끝내는 회귀하는 숫별들은

산란을 교접하고,

뿌연 정충처럼 눈이 또 내렸다

그제야 연어들이 뛰어오르던 겨울의 들창들은

충열된 시어의 욕정을 점멸하면서

이내 하얀 눈으로 닫히는 것이다

여름 마루에서의 낮잠

자지러지던 매미 소리가 그치자

내 안의 것들이 술렁였다

햇살이 튀기 시작했다

은멸치 떼처럼 등어리 물기를 허공에 뿌렸다

누가 내 안을 들여다 본 것일까

인기척은 없었으나

발 사이를 지나던 빛의 찰나가 멈춰선 듯

길고 오묘한 긴장에 소름 돋았다

그 순간 나는 할 말이 뭔지 모르는 긴 편지를 쓰고 있었다

여름이 가기 전에 오겠지

인생을 담보해버린 절정의 한 마디 단어가 지나갔다

나는 그것을 잡으려 몸부림치다 잠에서 깼다

이마의 땀방울이 잠시 멈췄던 적막을 깨우며 떨어졌다

숲은 어린애처럼 다시 울기 시작했다

나무에서 쏟아지는 매미소리를 들으며

아름다운 여름 뒤태의 얘기를 엮기 시작했다

화엄華嚴

눈이 띄었을 때

보이는 것은 화엄이었다

너는 무엇을 보았니, 보았니, 너는 보았니, 보았니

아니 아무 것도 보였어, 아니 아무 것도 보이지 않았어

보이지 않은 것이 보였어

알에서 공전하며 알의 투명한 둥근 피막 안을 명상하고

피막 밖의 피안까지 깨달아 버린 연어의 치어들은

자갈 틈과 모래구릉에 모여 서로에게 묻는 것이었다

입을 벌릴 때마다 화두의 기포가 물이 끓듯 강안에 가

득 차고

그 중 한 마리의 꼬리지느러미가 푸들푸들 떨다 산자락

을 텅텅 차는 소리가

햇봄의 가지를 돌아서 물빛 연록의 바다를 여는 것이

었다

오르는 것으로는 깨달음이 오지 않는다

위를 바라보는 것은 자신이 충만하지 않은 것이다

태반 속 어둔 잉태는 이미 밝음을 알아버렸다

심안 해구의 어둠을 헤엄쳐 가면서 되돌아오는 성어 떼

들에게 묻는 것이었다

당신은 보았소, 보았어, 당신은 보았소. 보았소

아니, 아무 것도 보였어, 아니 아무것도 보이지 않았어

보이지 않는 것이 보였어

천 리 만 리 유영하여 다시 돌아오는 길에

깨달음이 배안에 쌓이는 기포들로 불러오면서

기포들의 피막이 우주가 되어

그 자리로 꼭 그 곳으로 돌아오고야 마는

연어의 회귀

어깨뼈도 섬처럼 어둠에 묻힐 그리움

바다에 닿았을 때는
이미 나는 죽어 있었다
미치도록 엄니가 보고 싶어서
맨발로 검은 들녘을 허우적거리며 가는
어깨뼈도 섬처럼 어둠에 묻힐 그리움이 가슴팍에 차올
랐다
불빛이 오락가락하는 넋 나간 선창으로
신발짝은 떠밀려가고
막내딸 여우고 못난 새끼 재금 낼 때까지는
죽어도 눈 감지 않겠다고 우리를 속였던 것이 못내 분
했다
몸빼 주머니에 참기름 한 병 넣고
찜통에다 미어지게 눌러 담은 김치를 역무원이 알까봐서
다리 가랑이로 감추고 오시던 엄니처럼
바다는 넓기도 했다
기름 발라 뒤적뒤적 구워서 바늘쌈 가위로 잘라낸 김

큰 대접에다 쫙쫙 찢어놓은 수북한 김치
김이 모락거리는 밥 차려놓고
"아가 나 왔다, 어여 일어나서 밥 떠야" 허는 소리가
질겅질겅 갯바위를 때리며 들려왔다
설움 설움해도 내 설움보다 큰 게 없다고
내 나이, 마늘과 참기름으로 새끼를 기르던 엄니 나이
되어
엄니를 부르면서 밤바다 짠물 먹은 모래를
손가락으로 뒤집어 파면서
눈물 한 됫박 바다에 부었던 것이다
바다에 닿았을 때는 이미 나는 죽어
섬처럼 어둠에 묻혀 있었다

一 발문 一

진정眞情의 박실樸實

이규배(시인)

지난 염천(炎天), 목포에서 하동(河童) 천승세 선생님의 옥음(玉音)을 보듬고 함평으로 가는 저린 가슴은 설레었다. 거기 함평읍 외진 산자락에 이재칠의 화실(畵室)이 있는데, 반긴 것은 한쪽은 귀가 수그러졌고 나머지 한쪽은 빳빳이 선, 겅성드뭇 털이 빠진 수캐였다. 희붉게 혀를 뺀 채 침을 흘리다가 홀연 나타난 주인과 손님들을 반기는 황구(黃狗)의 두 눈에 생기가 돈다.

모란은 빈사지경이었다. 동행한 광주의 이수행 시인, 서울의 강민숙 시인과 남도 화백 이재칠의 뜰을 구경하고 화실에 들었다.

"기시사기인(其詩似其人)이요, 진극시로기(眞極時露奇)라. 기서여기화(其書與其畵)도, 우개사기시(又皆似其詩)이니라!"

창밖 빈사지경의 모란과 생기 도는 황구의 두 눈에 마음 주던 차, 이재칠 화백이 부벽서로 옮겨 써 붙인 혜환 이용휴李用休,

1708~1782의 시를 이수행 시인이 낭랑한 음성으로 읽기 시작했
다. 출생지는 전라도 여산이지만, 말 배우고 곧 서울에 와 자란 나
는 남도 예술인의 삶과 정서에 서툰지라, 개개풀린 눈에 귀를 늘
어뜨리고 혀 빼물고 침 흘리고 있다가 주인 만난 황구처럼 이수
행 시인과 이재칠 화백, 그리고 강민숙 시인의 이야기에 귀가 쫑
긋해지고 눈에 정기가 돌았다.

그리고 달포나 지났을까.

"형님, 속상해 죽것씨요."

"뭔 일인가?"

"조운 선생 생가의 석류나무가 참수를 당해 버렸당게요."

이재칠의 통음(痛音)이 전해왔다.

한국 전쟁 종전 직후의 난세에, "내일은 아껴둔 석류를 딸까 하
니 / 풍상(風霜)에 터진 가슴속 홍보옥(紅寶玉) / 그러한 마음으
로 원(願)마저 순수하다"(김구용, 「동양의 뜰」 부분)의 옥구(玉句)와
같은 실감(實感)의 광휘(光輝)도 조운曺雲, 1900~1948 월북 선생의
「석류」가 있었기에 통변(通變)되어 산생될 수 있지 않았겠는가.

투박한 나의 얼굴
두툴한 나의 입술

알알이 붉은 뜻을

내가 어이 이르리까

보소라 임아 보소라

빠개젖힌

이 가슴

- 조운, 「석류」 전문

전남 영광의 조운 선생 생가에 백여 년이 지난 석류나무가 있었다. 가람 이병기가 난초의 시인이라면, 정주랑(靜洲郎) 조운은 석류의 시인이 아닌가.

조운 선생의 생가는 우리나라 근대 여성문학의 종장(宗長)인 소영(素影) 박화성朴花城, 1904~1988이 정주랑 조운과 함께 문학 수업을 하며 창작을 하던 곳이며, 소설가 최서해崔曙海, 1901~1932 역시 오랜 동안 머물며 문학과 시무(時務)를 논하던 곳. 그러한 삶을 함께 숨 쉬던 정주랑 생가의 그 유서 깊은 석류나무가 예고 없이 잘려져 나갔고 그 밑동만 남았다는 것이다.

형언할 수 없는 비창감에 말문 막혀 어찌할 줄 모르던 그 때 알게 된 시인이 장진기, 「사금파리 빛 눈 입자」의 시인이었던 것이다. 작년 12월 31일 영등포역에서 탄 밤차 속에서 신년을 맞았고 그 날 새벽 목포에 도착해 하동 선생님을 뵙고 어둑어둑 나리는 서설(瑞雪)의 숫눈길을 함께 걸었다. 그리고 영광으로 가 조운 선생 생가를 지키고 있는 장진기 시인을 만났다.

시비(詩碑)에 무성한 풀을 베고

기단석처럼 아무런 미동 없이 앉아 있었다

매미들이 예초기 소리처럼 윙윙 울더니

뚝뚝 졌다.

노을처럼 흥건한 풀 내음

땀은 등을 타고 소금배 나르던 뱃길로 흘러가고

(중략)

풀을 베고 앉아 있는 내 그림자 넘겨다보는 별들은

아무도 찾아오지 않더라도

쑥부쟁이 잡풀들이 오목한 석각에 손가락을 끼고

시비 곁을 지키리라고 말하는 것이었다

백 년 전이었을까

신발 끄는 소리를 담고 별은 뜨고 있었다

-「신발 끄는 소리 담으며 별은 떴다」 부분

그의 몸짓과 말은 가공되지 않은 통나무와 같았다. 나직했으나 굵고, 굵었으나 차분차분 부드러운 한 마디 한 마디의 눌변(訥辯)은 바람 없는 하늘에서 내리는 눈송이들처럼 마음에 가라앉았다.

부화(浮華)의 시절이다. 속류 예술마저 미(美)로 덧칠되어 상

품의 가치를 높이는 이 시절. 우리 시단에서 장진기 시인을 만나게 된 것은 어떤 연(緣)이었을까.

　인물기흥(因物起興)의 실감(實感)이 숨결을 타는 정언(精言)이 시의 바탕이어야 하는바, 255행의 장시「새가 앉았다 날아간 나무만이 숲을 얘기할 수 있네」 1편과「뼛국」,「사금파리 빛 눈 입자」,「빙어(氷魚)」 등 49편의 시를 읽는 내내 통나무와 같은 시인 장진기의 성정(性情)에 순(醇)하게 취하여, 순일(純一)한 정감의 미(味)에 유(游)하였다.

　엄니는 명절 뒤끝에 발라놓은 생선뼈를 모아뒀다,

　두붓국을 끓여주셨다

　생선뼈에서 우러난 뿌연 국물에 살점들이 풀어져 고소하기도 하고 짭짤하기도 하여

　그 맛을 잊지 못한다

　명절이 보름쯤 지나 엄니 국맛을 못 잊어 두부를 사다 파를 썰어 넣고 끓이는데

　왈칵, 눈이 붓는다

　엄니도 저 뼛국을 끓이다가 눈물을 빠뜨렸을까

　간간하면서 혀끝에 감기는 그 진국이 눈물 맛이었구나

　어른 상에 발려진 생선뼈를 모아뒀다 끓여주던 국을

　속도 없이 물어봤었다

"엄니 뭔 국이당가"

"뼛국이란다"

이제야 대답한다

"엄니, 뼛국이 진짜 맛있네이"

- 「뼛국」 전문

완당(阮堂)이 죽음을 앞두고, 발가벗은 아이들이 작대기로 흙에 그어대는 글씨를 보고 비로소 깨달은 바, 대교약졸(大巧若拙), 천기(天機)를 가로막는 관념의 벽이 절로 허물어질 때 "엄니도 저 뼛국을 끓이다가 눈물을 빠뜨렸을까 / 간간하면서 혀끝에 감기는 그 진국이 눈물 맛이었구나"와 같은 천진(天眞)에 이를 것이다. "어른 상에 발려진 생선뼈를 모아뒀다 끓여주던 국을 / 속도 없이 물어봤었다 / "엄니 뭔 국이당가" / "뼛국이란다" / 이제야 대답한다 / "엄니, 뼛국이 진짜 맛있네이"" 보송한 봄볕을 눈 안 가득 담고 볏짚을 되새김질하는 황소와도 같이 「뼛국」의 마지막 4행을 나직이 소리 내어 반복해 읽는 마음은 뜨거워져 속눈썹 흥건히 젖는다. 발문을 쓴다고 앉아 있는 내가 이럴 바, 장진기 시인은 정작 「뼛국」을 끓이며, 「뼛국」을 종이에 쓰며 하 많은 눈물을 빠뜨렸을까. 원고지 칸칸이 젖어 연필심을 긋지 못했을 것이다.

"개안하듯 아슬한 한 줄 벽두 / 발가락 사이에서 해가 떴다"(「일출」 부분)나, "산호 호박 푸른 먹빛의 욕설이 / 살이 되고 / 비

115

늘이 되어 / 설마 내가 배암의 혀를 애무하였겠지"(「유월」 부분),
"천천히 식는 붉은 빛을 어여쁜 손길로 나물 다듬듯 얼러 가실
진노랑 탱자알 때깔을, 미리 빚고 있더래"(「봄앓이 그리움」 부
분), "푸름의 꿈이 포승줄처럼 늘어지고 / 나무가 나무 곁에 존재
하여 숲이 되는 이유를 / 붙들어 매지 못할 때 /새는 푸른 빛살을
털어내며 / 침묵의 공간에 날아들었네"(「새가 앉았다 날아간 나
무만이 숲을 얘기할 수 있네」 부분), "연어들이 만삭의 불룩한 배
를 흔들며 / 하얀 들녘의 속살 헤집어 불빛을 까는 동안 / 암별을
쫓아 끝내는 회귀하는 숫별들은 / 산란을 교접하고, / 뿌연 정충
처럼 눈이 또 내렸다"(「겨울 강」 부분)와 같은 묘현(妙現)에 도달
한 노숙(老熟)의 시인이, 어떻게 마음을 닦고 있기에 "엄니, 뼛국
이 진짜 맛있네이"와 같은 천기(天機)가 통하게 된 것일까.

　　날이 흐리지만
　　텃밭 눈을 파보면 햇살이 고여 있다
　　그 빛으로 눈을 닦고
　　마루에 앉아 하늘을 본다

- 「기러기 비창(悲愴)」 부분

　　"텃밭 눈을 파보면 햇살이 고여 있다"의 관조의 정밀이 "그 빛
으로 눈을 닦고", "하늘을 본다"와 같은 하루도 거르지 않는 오랜

마음 수양으로 인해 절로 윤이 나게 된 것일까.

장진기 시인이 "길고 짧은 시들이 내 주위를 맴돌았다. 시와 얘기하고 시와 연애하고 시와 동거했다. 내 시들은 허기질 때는 사냥을 하듯 들을 헤매고 세상이 시끄러울 땐 의병처럼 전투를 나가지만 돌아와서는 서정시가 되었다."(「시집 후기」 부분)라고 고하듯, 그는 천상 서정시인일 수밖에 없는 것 같다. "두들겼으나 열리지 않는/문 앞에서 /깃발을 내려놓고 숨을 돌린다 /사람 물결은 도도히 흘러가는데 /물가에서 물장구를 쳤던 구호나 함성들" 속에서, "이제는 시를 쓸 때/시대를 건드려 보지 않은 자가 /거리에서 시민의 발자국 소리를 받아 적지 않은 자가/순수시를 쓰겠는가"하며, 그는 "바람을 품어보며 / 사람 냄새를 호흡하며 /문을 닫고 /순수시를 쓴다"(「순수시를 쓴다」 부분)고 한다.

시인에게 '가(家, 재주가 정통한 사람)'를 쓰지 않는 것은 시여기인(詩如其人)의 오랜 시학의 전통 때문인 바, 고 김남주金南柱, 1946~1994의 "어이, 규배. 시는 사는 만큼 쓰는 것이여."라고 들려주었던 말이, 혜환 이용휴의 "기시사기인(其詩似其人, 시는 곧 그 사람이니) 진극시로기(眞極時露奇, 사람의 진정이 극하여 진기가 드러난다)"의 시에 섞여 마음 울린다.

찬 서리
나무 끝을 날으는 까치를 위하여

홍시 하나 남겨둘 줄 아는

조선의 마음이여

- 김남주, 「옛마을을 지나며」 전문

이 조선의 마음이 하늘마음이고, 우리 민족의 성정이다. 사람이 하늘과 땅 사이에 직립해 있는 것은 광명의 곧은 마음으로 살라는 뜻이니, 하늘과 사람은 본래 간극이 없어 천리(天理)가 곧 성리(性理)인 것이다. 사덕(四德)의 성(性)이든 칠정(七情)의 정(情)이든 하늘마음을 닮아 본래 그 마음은 통째로 순일(純一)한 것. 이 마음이 사람 숨의 율동을 타고 외물(外物)에 촉발되어 감응(感應)되었을 때 그것이 노래이며 시이다.

본래 고유의 시학은 먼저 알고[지(知)] 나중에 느끼는 것[각(覺)]이 아니라, 먼저 느끼고[각(覺)] 나중에 아는 데[지(知)]서 실감(實感)의 진정(眞情)이 비롯된다고 강조해 왔다. 정(精)을 모으는 마음의 닦아냄과 실물 체험을 통한 각(覺)의 선행을 배제한 채, 시류의 기호(嗜好)에 맞추어 관념에서 날조된 부화(浮華)한 수식의 언어들을 꾸며내 평단의 찬사를 바라는 시는 사람으로 치면 간웅대도(奸雄大盜)일 것이다. 거기에 상상력의 힘이라는 수사를 붙여준다고 하여 참된 시가 되는 것은 아니다. 진정(眞情)의 원형에서 우원(迂遠)한 상상은 가상(假想)일 뿐이며, 통속의 재미는 될지언정 서정의 참맛은 될 수 없다. "백발(白髮)에 화

냥 노는 년이 젊은 서방 하려 하고 / 센머리에 흑칠하고 태산준
령으로 허위허위 넘어가다 난데없는 소나기에 흰 동정 검어지고
검던 머리 다 희거다”와 같은 간부(姦婦)의 몰골이 드러날 것이
다. 연암燕巖, 1737~1805의 말대로 “유리알이 투명하지 않으면 정(
精)을 모을 수 없다. 뜻을 밝게 하는 도리는 진실로 비워서 외물
(外物)을 받아들이고 맑아서 사욕이 없어야 하는 것이다.”(박지
원,「소완정기(素琓亭記)」부분)

　장진기 시인은 외물의 형사(形似)에 치중하기보다 진(眞)의
심사(心似)에 진력한다. 그래서 그는 “내면의 음성으로 다가서
는 서정은 내 살갗에 떨림으로 다가섰다. 무딘 몸의 각피를 뚫고
습윤이 돋기 시작했다.”(「시집 후기 부분)라고 하며, “얼음 벽면
에 눈이 흘러가고 / 오래 전에 떨어뜨렸던 눈물이 고드름으로 열
렸다 / 인생이란 잔인해서 내 눈물 내가 본 뒤에 떨어진다 / 내가
너를 잊지 않고 있었구나 / 떨어지는 고드름이 내 살의 벽을 뚫
고 / 북해의 바닷물 속에 흔들림 없이 잠입(潛入)하는 것”(「빙어
(氷魚)」부분)을 본다.

　아 ! 그랬었구나.
　어제, 산길에 물 먹은 눈 뚝뚝 떨어지더니
　산 둑의 겨울 풀 푸른 속곳을
　비 되어 닦아내고 있었던 것이니

앞산 비탈 나뭇가지 사이로 흐린 하늘 쏟아지던 일이

까닭엔

까닭엔

없었던 것이 아니었구나.

한 해가 바뀌고

손님들 왔다 돌아간 구들장에 질펀히 앉아

한바작 우듬지로 쌓여 있다가

속으로부터, 녹아내리는 눈

희고 맑은 줄기로 흐르던 지난해 생각들이

가랑이와 숨구멍 사이 내 몸으로 스며드는 것이

어제 그 산에서 내리던 눈비이었던 것이다

뜨거운 구들에서도

온몸이 서늘해지는 것은

몸에 닿아 금세 사그라지는 사금파리 빛 눈 입자라니

아니, 지난 해 나를 산발하여

허공에 출렁이게 하였던 눈발이었던 것이니

이제사 새해를 맞아

그 일을 알고 있으려니,

- 「사금파리 빛 눈 입자」 전문

뛰어난 시인은 "외안(外眼)에 현혹된 것을 반드시 내안(內眼)

으로 바로잡는(外眼之所眩者 必正於內眼)"이용휴,「증정재중(贈鄭在中)」부분 진견(眞見)을 지니고 있다. 장진기는 "몸에 닿아 금세 사그라지는 사금파리 빛 눈 입자"의 섬세한 관물(觀物)을 살에 비벼지는 차고 예리한 가루로 몸에 받아, "한해가 바뀌고 / 손님들 돌아간 구들장에 질펀히 앉아 / 한바작 우듬지로 쌓여 있다가 / 속으로부터, 녹아내리는 눈 / 희고 맑은 줄기로 흐르던 지난해 생각들이 / 가랑이와 숨구멍 사이 내 몸으로 스며드는 것이 / 어제 그 산에서 내리던 눈비이었던 것이다"라고 하여, 외물에 현혹되는 부화한 단청(丹靑)의 외식(外飾)에 빠져드는 법이 없다. 그리하여, "아 ! 그랬었구나. / 어제, 산길에 물 먹은 눈 뚝뚝 떨어지더니 / 산둑의 겨울 풀 푸른 속곳을 / 비 되어 닦아내고 있었던 것이니 / 앞산 비탈 나뭇가지 사이로 흐린 하늘 쏟아지던 일이 / 까닭엔 / 까닭엔 / 없었던 것이 아니었구나."라는 각(覺)은 다시 "뜨거운 구들에서도 / 온몸이 서늘해지는 것은 / 몸에 닿아 금세 사그라지는 사금파리 빛 눈 입자라니 / 아니, 지난 해 나를 산발하여 / 허공에 출렁이게 하였던 눈발이었던 것이니 / 이제사 새해를 맞아 / 그 일을 알고 있으려니,"와 같은 심연(深淵)에 이르는, 겸허하고 명징한 자가성정(自家性情)의 각(覺)으로 발현되는 것이다.

종일 문 살대에
미닫이처럼 열리는 햇살로 앉아

해거름 들 때까지
창호지에 시詩를 말려 보았다

등불을 켜자
풀대처럼 그림자가 길게 서고

지등紙燈을 돌며
댕기 따듯 고운 생각 말렸다

- 「타래난초」 전문

전남 영광 조운 선생의 생가 마루에 앉아 "미닫이처럼 열리는 햇살"로부터 "해거름 들 때까지 / 창호지에 시를" 말려보다가 등불을 켜고, "지등(紙燈)을 돌며 / 댕기 따듯 고운 생각"을 말리고 있는 장진기의 모습이 선연하다. 어둑한 새벽 미닫이를 열고 텃밭에 상추와 고추를 따러 나오시는 어머님의 미소와도 같이 하늘 열려 햇살이 퍼져올 때 그 마음으로 창호지에 시를 말리며, 열다섯 소녀가 거울 앞에 앉아 머리를 빗고 댕기 따듯이 고운 생각을 말리고 있는 장진기 시인의 삶은 "벼린 날에 그어진 서슬한 발바닥"으로 걸어왔던 "고래처럼 껌껌한" "작둣날이 길이었던 날"의 기억이 있다.

작둣날이 길이었던 날
고래처럼 껌껌한 지난해의 기억을 자르면서 걸었다

벼린 날에 그어진 서슬한 발바닥
외길 작둣날, 핏물은 남도

너른 땅에 흥건하고

개안하듯 아슬한 한 줄 벽두
발가락 사이에서 해가 떴다

- 「일출」 전문

그러나 장진기 시인은 "개안하듯 아슬한 한 줄 벽두 / 발가락 사이에서 해가 떴다"는 믿음의 순연에 충실하다. "발가락 사이에서 해가 떴다"는 소이연(所以然)의 자연은 "아슬한 한 줄 벽두", 삶의 개안(開眼)으로 내성화된다. 그러기에 장진기는 "고래처럼 껌껌한 지난해의 기억을 자르면서", "외길 작둣날"을 걷는 것을 삶의 이소당연(理所當然)으로 받아들인다. 그 이소당연은 "나전칠기처럼 박히는 햇살이다 / 초 벌 두 벌 옻칠 매기는 살갗 / 빛의 화각들이 편각으로 쪼개져 / 타들어가는 손등과 물팍과 목덜미에 문양으로 박힌다 / 땀에 밀리는 검은 때, / 때를 훑어내는 손자국

123

에 사군자로 / 십장생으로 / 희디흰 젖가슴 빛으로 / 붙여지는 햇살이다"(「살을 태운다」 전문)와 같이 하늘이 삼기어 준 그의 천명이 아닐까.

　"몸빼 주머니에 참기름 한 병 넣고 / 찜통에다 미어지게 눌러 담은 김치를 역무원이 알까봐서 / 다리 가랑이로 감추고 오시던 엄니처럼 / 바다는 넓기도 했다 / 기름 발라 뒤적뒤적 구워서 바늘쌈 가위로 잘라낸 김 / 큰 대접에다 쫙쫙 찢어놓은 수북한 김치 / 김이 모락거리는 밥을 차려놓고 / "아가 나 왔다, 어여 일어나 밥 떠야"허는 소리가 / 질겅질겅 갯바위를 때리며 들려왔다 / 설움 설움해도 내 설움보다 큰 게 없다고 / 내 나이, 마늘과 참기름으로 새끼를 기르던 엄니"(「어깨뼈도 섬처럼 어둠에 묻힐 그리움」 부분)의 아들 장진기는 전남 영광의 수재로 고등학교는 서울에서 유학을 하고, 고려대학교에서 국문학을 전공하였다. 그에게는 "불갑산 자락을 보도연맹으로 둘레둘레 피로 덮던 날 / 밤손님 종자 곡식 긁어 밥해 준 죄로 끌려가 밥사발만한 옆구리 총구멍 움켜쥔 채 / 샘물에 촉촉이 적신 새끼로 묶인 팔목 내저으며 달음질하여 달아나다 논고랑에 입을 대고 돌아가신 할아버지 제삿날"(「깨꽃」 부분)을 치러야 하는 울한(鬱恨) 맺힌 가족사가 있다.

　"우리 지역에서는 환경 문제로 몸살을 앓고 있었다. 나는 현장에서 시를 썼다. 시는 무기였다. 시는 고발이었고 투쟁이었다. 참여시에 실존이 주사된 현장시였다. 그런 시는 반예술적이란 비난

을 받기도 했다. 허나 서 있는 자리에서 나부끼는 깃발의 흔들림
은 생동하였다. 풍자와 해학은 내가 쓰는 시의 요소였다. 상황에
따라 토해내는 뜨거운 입김은 나의 실존의 자각이었다. 시가 되
든 되지 않든 내 문학이 그런 당위를 붙들고 있었다."(「시집 후기」
부분)에서 드러나는 전남 영광에서 운동가로서의 치열한 삶이 그
의 가족사와 전혀 무관하다고 할 수는 없겠으나, 그보다는 장진기
시인의 성정이 본래 강직하고, 그 강직함의 바탕이 순선(純善)하
기 때문일 것이다.

    창문의 바람이 차다

    소매 같은 긴 잎으로

    얼굴 가리고 피어 있는 난을, 문득

    손가락으로 친다

    슬프게 살더라도

    낙엽처럼 삭은 세상

    손톱자국 같은 꽃은 피우지 않아야지

    잎을 지나는

    손가락 붓끝은 미리 핀

    설움에 흔들리고

    얼음유리에 그려진 난을

    달빛이 꼭 쥐고 있다

- 「손가락으로 난(蘭)을 치다」 전문

　12행으로 완결된 위 시의 "슬프게 살더라도 / 낙엽처럼 삭은 세상 / 손톱자국 같은 꽃은 피우지 않아야지"의 옥금(玉金)은 근래 볼 수 없던 청고(淸高)의 구절이다. 떨어지는 기왓장이 깨질 때 가슴이 아프다면, 사람이 다치면 얼마나 아프겠는가 하는 말이 있는데, 이 말에 우리 민족의 '살리는 것을 좋아하는 마음[호생지심(好生之心)]'이 담겨 있다. 낙엽처럼 삭은 세상에 결코 손톱자국 같은 꽃을 피울 수 없다는 장진기 시의 순선(純善)함에 달빛마저 감응하였는지 손가락으로 친 유리창의 난에 생기(生氣)의 광휘를 쏟아, "얼음유리에 그려진 난을 / 달빛이 꼭 쥐고 있다." 이 같은 평담(平淡)과 청고(淸高)의 투명은 흔들어도 탁해지지 않는 맑음으로 인해 외안(外眼)에 박(薄)해 보이나, 진견(眞見)으로 보면 언외(言外)에 심오한 정취의 유현(幽玄)이 있다.

　"우연히 강진을 갔다가 하도 멋진 초가집이 있기에 거길 끼웃 작거려 보는데 예전에 다산 선생이 머물던 사의재란 주막집이란 것이다. 내 얼른 토방에 걸터앉아 구름 한 사발 둘러마시면서 옛 선비의 뜻을 새겨보는 것인디", "말과 용모와 품행과 생각을 바르게 하라는 사의(四宜)의 뜻"(「사의재(四宜齋)에서 다산 초당으로 들다」 부분)을 새기는 장진기, 그는 "아랫목에 묻어놓은 밥 한 그릇마저 못 드시고 / 아버지도 발을 빼고 가시는 날 / 지체 장애 동생 데리고 언덕 밭에 가서 노을을 봤다 / 눈 안에 구름이 가득 차서 / 한꺼번에 쏟아지는 소낙비 같은 눈물을 동생 몰래"(「언덕 밭」 부분) 흘리는 정감의 진정이 알찬 시인이다.

내가 드러누운 가슴살이 푸석거리며 흙이 되어

어머니를 묻고 봄이 왔다

눈이 녹았던 물기가 갈빗대에 스며들었다

눈만 또랑또랑 살아있는 육신에서 복사꽃이 피고

꽃은 촉촉한 눈물을 빨아들이며 붉게 흐드러졌다

그 이듬해 그녀도 갔다

버드나무 같은 손사래로 돌려보냈던 것을 후회했다

눕혀져 일어설 수 없었던 고개를 넘어

떨어져 날리는 복사꽃잎 사이로 떠나갔다

되돌아 와 내 가슴에 눕는 꽃잎을 모아

상여에 띄워 보냈다

이십 년이 흘렀다. 나는 그녀가 근무하던 병원에 입원하였다. 입원하던 날 눈이 왔었다. 침상 유리창 가로등 불에 안긴 안개꽃 한 다발, 그녀는 등불에 내리는 눈이 분봉(分蜂)하는 것 같다고 했다. 내가 잊고 있었다. 내 안의 썩어 허물어진 동굴에 슬픈 애벌레가 살고 있었던 것이다. 벌레들이 날개를 달고 창 밖에 날고 있다. 그리

움을 분봉하고 있다. 휠체어 곁을 지나치는 간호사를 돌아본다. 가
슴 위에 떨어졌던 꽃잎이 난다. 그녀를 생각하며 시를 쓴다. 아니
그녀를 잊고 시를 썼다. 눈송이만큼 하염없는 얘기를 해야 했다. 내
안에서 그녀가 꽃이 되어 날리고 벌처럼 분봉하고 있다. 그녀가 되
었던 시들이 눈처럼 날았다.

- 「눈은 분봉(分蜂)하듯 날리고」 부분

어머님이 돌아가시고 난 후의 봄, "그 이듬해 그녀도 갔다 / 버
드나무 같은 손사래로 돌려보냈던 것을 후회했다 / 눕혀져 일어
설 수 없었던 고개를 넘어 / 떨어져 날리는 복사꽃잎 사이로 떠
나갔다". 그리고 다시 "이십 년이 흘렀다. 나는 그녀가 근무하던
병원에 입원하였다. 입원하던 날 눈이 왔었다. 침상 유리창 가로
등 불에 안긴 안개꽃 한 다발, 그녀는 등불에 내리는 눈이 분봉(
分蜂)하는 것 같다고 했다. 내가 잊고 있었다. 내 안의 썩어 허물
어진 동굴에 슬픈 애벌레가 살고 있었던 것이다. 벌레들이 날개
를 달고 창 밖에 날고 있다. 그리움을 분봉하고 있다."와 같은 상
심(傷心)은 스스로 그 안의 애벌레가 되어 날개를 달고 창밖의
가로등 등불 아래 그리움으로 분란(紛亂)하다가, 또다시 하염없
이 날리는 그리움들은 '그녀'의 꽃이 되어 상심한 가슴으로 돌아
와 분봉(分蜂)하는 벌처럼 날고, 그녀가 되었던 시들은 눈처럼 쏟
아진다. 또 하나, 연가(戀歌)의 절조(絶調)이다.

"인생이란 잔인해서 내 눈물 내가 본 뒤에 떨어진다 / 내가 너를 잊지 않고 있었구나 / 떨어지는 고드름이 내 살의 벽을 뚫고 / 북해의 바닷물 속에 흔들림 없이 잠입(潛入)하는 것"(「빙어(氷魚)」 부분)처럼 그의 마음에 잠장(潛藏)되어 있는 순연(純然)한 사랑이, 눈이 오면 다시 "내 안의 썩어 허물어진 동굴"의 "슬픈 애벌레들"이 되어 "날개를 달고 창 밖에" 분봉하듯 날리는 상심이 되어 버린 것은 "아랫목에 묻어놓은 밥 한 그릇마저 못 드시고 / 아버지도 발을 빼고 가시는 날 / 지체 장애 동생 데리고 언덕 밭에 가서 노을을 봤다 / 눈 안에 구름이 가득 차서 / 한꺼번에 쏟아지는 소낙비 같은 눈물을 동생 몰래"(「언덕 밭」 부분) 흘리는, 장애 동생에 대한 박실(樸實)한 애정이 앞섰기 때문이 아닐까. 아직도 혼인을 미룬 채 총각으로서 시를 쓰며 동생을 돌보고 있는 장진기의 순연한 마음에 절로 숙연해진다.

얼레, 그 놈의 섣달을 넘어갈 때는 되게 발이 시려워
무질러 가는 달력의 글자들이 사르륵 밟혀지는 상달에나
새 고무신 사 신고 갯바람 들판에 싸질러 돌 듯 갈 것인 게
낸들 잊고 있으라고 전해주게
법성法聖 뒤께 너머 자갈금
앙팡지게 앉아 있는 젓국같이 비린내 나는 달빛,
자갈금 지나다 갈대에게 언약하는디

- 「자갈금을 지나다가 갈대에게 하는 언약」 부분

"앙팡지게 앉아 있는 젓국같이 비린내 나는 달빛" 아래 갈대에게 무슨 언약을 한다는 것일까? "얼레, 그 놈의 섣달을 넘어갈 때는 되게 발이 시려워 / 무질러 가는 달력의 글자들이 사르륵 밝혀지는 상달에나 / 새 고무신 사 신고 갯바람 들판에 싸질러 돌 듯 갈 것인 게 / 낸들 잊고 있으라고 전해주게"나, "바람의 몸통을 숭숭 썰어 삼키며 / 다디단 육질을 채우는 것은 호박밖에 없다 / 누런 인분(人糞) 팍팍 곰삭은 땅심으로 / 삼줄 같은 줄기를 뻗어 아기씨 낯빛 같은 초가실 달빛을 핥는다", 그리고 "태풍을 몇 개 이겨내면 저렇게 뱃심이 솟는 것이라고 / 호박꽃 핀 장독이 웃고 있다"(「장독에 호박꽃 피다」 부분)를 보면, 옛 무장(武將)과도 같이 새벽마다 각궁(角弓)을 습사(習射)하는 장진기 시인의 호연(浩然)한 기상에 여릿여릿 미(美)를 전하는 언어 감각이 옹골지고도 섬세하게 결부되어 있는 것으로 보인다.

장진기 시인은 외물의 형사(形似)에 치중하기보다 진(眞)의 심사(心似)에 진력한다고 했지만, 형사 없는 심사는 가능하지 않다. 성과 정으로 분화되기 이전의 전현태(全現態)로서의 심(心)은 형사(形似)를 거치지 않고는 언어로써 드러낼 수 없는바, 장진기 시인이 경계하는 것은 부화(浮華)한 외식(外飾)에 빠지는 형사일 뿐, 진(眞)의 심사(心似)와 상반상성(相反相成)의 대대(對

待)를 이르는 형사 자체를 배격하는 것은 아닌 것으로 보인다.

　죽창 내미는 괭이 갈매기 울음에 옆구리를 찔리면서 어질어질

멀어지는 계마항

　나는 마룻바닥에 나자빠져 있는 덜 짠 걸레처럼 척척히 아랫도

리를 적시는 뭍의 사타구니를 빠져나갔다.

　양수같이 질펀한 서해바다로 여러 배 낸 어미 소가 송앙치 낳

듯 수월케도 큰 섬에서 미끄러져 뚝 떨어진 바윗덩어리 칠산 섬

을 돌아서

　당골네 입담같이 씨불거리는 땡볕이 내리쬐는 송이도 선착장에

내리고서야 냅다 내빼는 갈매기들을 바라보았다.

　몽돌 조약돌은 뻘떡기처럼 쫙 벌어져 사그락사그락 물에 깔깔

이 낯바닥 때꼽을 씻어내고 그 너머 조개를 엎어놓은 듯 모여 있

는 섬마을 집들,

　고스란히 섬에서 늙어버린 할매가 문 앞 조개껍데기 텃밭에 앉

은뱅이 마냥 쪼그리고 앉아 호미질을 하는 것에 눈이 시렸다. -

「송이도(松耳島)에서 초분(草墳)을 보다」 부분

　전남 영광의 칠산(七山) 바다는 하동(河童) 천승세 선생님

의 「만선(滿船)」, 「낙월도(落月道)」, 「신궁(神弓)」의 무대이다.

태어나 자란 고향 영광의 앞바다를 괭이 갈매기의 시선으로 조감

131

(鳥瞰)하며, 송이도로 들어가 초분을 보았다는 이 장형(長形)의 담
시(譚詩)에서 장진기 시인은, "마룻바닥에 나자빠져 있는 덜 짠 걸
레처럼 척척히 아랫도리를 적시는 뭍의 사타구니", "여러 배 낸 어
미 소가 송앙치 낳듯 수월케도 큰 섬에서 미끄러져 뚝 떨어진 바
윗덩어리 칠산 섬", "당골네 입담같이 씨불거리는 땡볕이 내리쬐
는 송이도 선착장", "사그락사그락 물에 깔깔이 낯바닥 때꼽을 씻
어내고 그 너머 조개를 엎어놓은 듯 모여 있는 섬마을 집들", "고
스란히 섬에서 늙어버린 할매가 문 앞 조개껍데기 텃밭에 앉은
뱅이 마냥 쪼그리고 앉아 호미질을 하는 것" 등을 남도의 평담한
일상어들로 사실적인 동시에 진기(眞奇)한 서경(敍景)으로 옮
겨 놓는 형사(形似)의 치밀함에 달도(達道)한다. 다소 아쉬운 점
은 이 같은 진기의 서경에 통사의 구조 통일과 변주에서 비롯되
는 율동의 생기가 절로 이는 구성의 정제(整齊)가 보다 치밀했으
면 하는 것이지만, 장진기의 전반적인 시편들은 시에 요구되는
정(情)·재(才)·식(識)·혼(魂) 중에서 재와 식의 현란함이 정과
혼을 결코 압두하지 않아, 정혼(情魂)이 외물의 현혹됨에 빠지지
않는 미덕을 갖추었다. 재(才)와 식(識)을 외안(外眼), 정(情)과 혼
(魂)을 내안(內眼)으로 본다면, 장진기는 진정(眞情)의 원형에서
우원(迂遠)한 외물의 외안에 미혹되는 재식(才識)의 현란함을 반
드시 내안으로 바로잡고자 하는 미덕을 갖춘 순견(醇見)의 시인
임에 틀림없어 보인다.

"눈이 지붕에 머물다 / 고드름으로 걸렸다가 / 방울방울 떨어지다 / 마당에 수직으로 깨어져 / 수직으로 땅을 뚫고 지하로 흐르든지 / 땅에 저항하며 바다로 가는 것이 / 눈의 사상이다"(「허공에 방류하는 치어(稚魚)」부분), "정신 착란의 바람이 비늘 같은 생각들을 뒤척이고 / 곧장 내달아 강에 빠져버린 발자국 따라 물이 밀려왔다 / 읍내는 불빛을 담고 / 무량한 깊이의 강물이 고였다 / 빙어 떼가 밀려와 내 안의 삼라(森羅)에 회유한다 / 마지막 폭설을 기다렸다 / 그런 일이 있던 날 / 눈길 읍내를 돌아 집에 든다 / 유영(游泳)의 신발을 벗고 / 살에 붙어있는 은빛 비늘을 벗겨낸다 / 빙어가 몰려가며 피리를 분다"(「빙어氷魚 2」부분), "알에서 공전하며 알의 투명한 둥근 피막 안을 명상하고 / 피막 밖의 피안까지 깨달아 버린 연어의 치어들은 / 자갈 틈과 모래구릉에 모여 서로에게 묻는 것이었다 / 입을 벌릴 때마다 화두의 기포가 물이 끓듯 가득 차고 / 그중 한 마리의 꼬리지느러미가 푸들푸들 떨다 산자락을 텅텅 차는 소리가 / 햇봄의 가지를 돌아서 물빛 연록의 바다를 여는 것이었다"(「화엄(華嚴)」부분) 등은 시인의 식견(識見)이 올연(兀然) 돌올해 보이지 않는 것은 아니나, 전반적으로 균형을 잃지 않고, 정(情) · 재(才) · 식(識) · 혼(魂) 중 어느 일방으로 치우치지 않는 경지에 도달한 시편들이다.

방안은 새가 떠나간 빈 둥지의 어둠

태초의 여명을 갈래 치던 고요가

나무 숲 그림자로 벽에 걸려 있었네

고독만이 이따금 깊은 울음을 토해내어

산과 산이 공명하는 울림으로

물방울처럼 떨어져 스며들었네

방 안의 깊은 빈 구석은

푸름의 꿈이 포승줄처럼 늘어지고

나무가 나무 곁에 존재하여 숲이 되는 이유를

붙들어 매지 못할 때

새는 푸른 빛살을 털어내며

침묵의 공간에 날아들었네

나무와 나무는 밝음으로 눈을 뜨고

고요하지 않은 것은

고요한 것보다 고요함을 얘기하며

빈 방의 숲이 전율하였네

둥지는 새의 체온이 실핏줄로 전해져

방안의 따뜻한 온기를 드리우고,

숲은 그대로인데도

어둠 속에서 나무들은 곧게 서고

욕망이 방바닥에 속뿌리로 자라므로

나이테에 감기는 세월

새들은 습관처럼 커튼을 쪼아

바깥세상을 내다보고

빛이 새의 날갯짓보다 빠르고 현란하게 새어 들어오면

나무들은 살을 맞은 것처럼

벌거벗은 몸을 움츠렸네

    - 「새가 앉았다 날아간 나무만이 숲을 얘기할 수 있네」 부분

"새가 앉았다 날아간 나무만이 / 숲을 얘기할 수 있네"로 시작되는 위의 총 13연 255행의 이 장시는 영국의 담시(譚詩)[발라드(ballade)]와 현대적으로 변형된 비극적 성격의 목가(牧歌)[파스토랄(pastoral)]가 복합된 연가(戀歌) 양식으로 표현되었다. 우리 시문학사에서 이에 비견되는 것으로는 4음 4보격 장형(長形)의 연속체로 이루어진 가사(歌辭)를 들 수 있는데, 장진기 시인의 「새가 앉았다 날아간 나무만이 숲을 얘기할 수 있네」는 자유로운 시행의 배열로 표현되어, 김구용의 장시 「위치」(1955), 「그네의 미소」(1955) 등과 같은 작품들에 비견될 수 있을 것이다.

이 시에서 장진기 시인의 페르소나(persona)인 '나'는 "새가 앉았다 날아간", 고독한 빈방의 숲에 갇힌 '나무'로 침묵하다가 "스스로 새가 되어 노래"를 해야 하는 운명으로 태어났다. '그녀'로 환치될 수 있는 '새'가 빈 방인 "침묵의 공간에 날아들었을" 때는 '나무들'이 "밝음으로 눈을 뜨고", "빈 방의 숲"은 전율하게 된다.

그렇지만 '새'는 "습관처럼 커튼을 쪼아 / 바깥세상을 내다"보며 날아가 버리는 존재이다. 그리하여 커튼 사이로 "빛이 새의 날갯짓보다 빠르고 현란하게 새어 들어오면 / 나무들은 살을 맞은 것처럼 / 벌거벗은 몸을" 움츠려야 하고 '나무'가 된 '나'는, "서로의 일정한 거리를 인정해야 하는 외로움"에서 벗어날 수 없는 운명에 갇혀 있다.

'새'는 '그녀'이기도 하지만 '나'로 변환되기도 하는데, "그 여자는 이중적이어요 / 순진한 미소로 다가왔다 / 창 너머 달아날 땐 불덩이 같은 석양에 교태를 부리는 / 저녁햇살 같아요 / 찌르륵 찌륵 찌륵 / 밤마다 전화가 왔고 / 빈 방의 숲속에 목소리로 숨어들어 / 마지막 인사가 묻힐 때까지 / 그녀의 목소리가 옷깃을 끌며 빈 방의 숲을 돌아다녔고 / 끊임없이 웃고 놀리고 사랑을 속삭이다 / 꽃처럼 시들어 잠이 들곤 했어요."라고 말하는 '나'는, "누구보다 뜨거운 가슴을 가진 그녀를 위해 / 시를" 써야 하는 숙명의 '나무'이자 '새'이다.

시간이 흐를수록 '나'의 방은 "들숨과 날숨을 쉬는 빈 방의 문으로 / 외항에 뜬 별처럼 외로운 / 밤의 잔해들이 쏟아져 퇴적"하게 되고, '나'는 "문득 거울을 비춰볼 때 / 숨결과 눈빛만이 푸른 숲이 되어 버린 모습"으로 남게 되었음을 확인하게 된다. "내가 그대를 기억하고 있다 하여도 / 그대는 나를 잊어버려요 / 새소리를 비껴 숲속에 숨어들었던 / 그대의 숨소리와 속삭임이 / 물길에 닿는 곳에 멈추어 푸른 이끼로 자람으로 / 나무보다 더 짙게 숲속의 빈 방을 지키느니 / 그대는 자유로이 내 곁에 있는 거여요."라고 그대가 언제나 곁에 있다는 것을 굳게 믿고자 하나 결국 환상에 불과하다는 것을 깨달은 '나'는 그대가 보고 싶어 "이중창이 있는 그대의 집"을 직접 찾아 간다. 그러나 그녀의 방에서는 그녀가 치는 피아노 소리만이 창밖으로 들리고, '나'는 불빛이 꺼질 때까지 그 소리를 듣다가 다시 빈 방의 숲속으로 돌아와 '나무'가 되고, '새'가 되는 침묵에 잠긴다. 이러한 침묵과 고독이 오래 누적된 빈 방의 숲속에서 언제부터인가 드디어 '나'는 불현듯 다음과 같이 말한다. "시가 없었다면 / 외로움으로 죽어갔을지 모를 일이야"라고.

젊은 한때 '나'는 "핀셋과 핀이 날개를 꼽아 놓는다 해도 / 갇혀 있다는 것은 절망이었음으로 / 날개가 뜯겨진 채라도 날아가야" 했었다. 그러나 이제 중년이 된 '나'는 "파르르 떠는 청춘의 날개를" 접고, "긴 다리의 근육을 오므리며 거미줄을 오르는 / 거미"의 삶의 방식에 집중하게 되고, 마침내 한 마리 거미와도 같이 고독한 숲속의 '나무'가 되어 "그대는 이해할 수 있을까 / 한 바가지 샘물로 남아 있는 생명을 축이며 / 그대에게도 적서 줄 한 모금 물을 남겨 놓는 이유를 알 수 있을까 / 엎드려 그대에게 시를 쓰는 동안은 / 그대의 외로움을 감는 긴 호흡을 느끼느니 / 숲에서는 사색이 깊을수록 고독한 언어의 줄기들이 / 잎을 피웠네"라며 고독한 상심(傷心)의 운명을 순연한 사랑으로 긍정하는 동시에 풍

요의 동력으로 수용하게 된다.

T. S. 엘리엇의 장시 「황무지荒蕪地, The Waste Land」가 그러하 듯이 장진기의 장시 「새가 앉았다 날아간 나무만이 숲을 얘기할 수 있네」 역시 연가(戀歌)만으로 읽히지는 않는다. 한 여자에 대한 지순한 사랑에서 오는 체험의 진정(眞情)을 근간으로 하는 연가(戀歌)의 양식이지만, 이 시 또한 언외(言外)의 심오한 여백들로 인하여 그 밖의 다양한 의미로 해석되고 읽혀 나가리라고 믿는다.

"나는 문학과 학문의 일가를 이룬 선생들(정종 선생과 천승세 선생)의 무소유의 행려를 귀히 보게 된다. 버리고자 해서 소유하지 않는 것이 아니라 자신의 세계를 끝내 가지고 가서서 세상의 욕심에 해탈한 진정한 예술인들이시다."(「시집 후기」 부분)라고 말하는 장진기는 지금껏 살아온 삶의 치열한 밀도에서 볼 수 있듯이 본래가 강직한 사람이지만, 그 강직함의 심연에는 순선(純善)한 진정(眞情)이 굵은 뿌리를 내리고 있음이 분명하다.

"서리 몇 번 와 부스러진 겨울 땅에 / 푸름을 박는다 / 왼손 중지로 구멍을 내고 오른손 검지로 넣는 모종 / 그믐 골을 치고 섣달 두룩져서 / 언 땅에 익어가는 알맹이 뿌리 / 한 껍질 위에 겹 껍질 / 그 껍질 덮는 또 다른 겹 껍질 / 그렇게 싸면서 삼동을 이겨내어 / 만지면 눈물 떨구게 하는 아린 향을 / 올 겨울 내가 키워내고 있다 / 몇 겹의 눈 털고 오는 봄 / 얼음 물 마시며 굵어진 독한 겉살,

/ 너만은 / 만져서 울게 하고 싶다.”(「겨울 텃밭에 양파를 심다」
부분)와 같은 박실(樸實)한 진정에 이른 장진기 시인은 마침내,

벽에 붙어 고치를 치고 있다

살갗의 섬유질로 명주 집을 짓는다

눈꺼풀로 더듬이를 빚고

뼈를 녹여 솜털 보송한 몸체를 키운다

피가 마르면서 날개가 붙는다

밤이 진다

나는

저렇듯

초승달 아래에서 우화(羽化)하고 있다

- 「초승달 아래에서 우화(羽化)하고 있다」 전문

와 같은 경이로움으로 우화(羽化)한다. 인간 세상에 귀양 온 신선
[적선(謫仙)]이라는 스스로에 대한 긍호(矜豪)의 일말(一抹)도 찾
을 수 없는 장진기 시인은 “슬프게 살더라도 / 낙엽처럼 삭은 세
상 / 손톱자국 같은 꽃은 피우지 않아야지”(「손가락으로 난을 친
다」 부분)에서 이미 보았듯이 그저 순일(純一)한 청심(淸心)에 관
심을 두고 달빛이 꼭 쥐고 있는 얼음유리와 같은 난초를 치다가,
이제 스스로 '벌레'가 되어 '날개 돋기[우화(羽化)]'를 기다린다.

눈꺼풀로 더듬이를 빚고

뼈를 녹여 솜털 보송한 몸체를 키운다

피가 마르면서 날개가 붙는다

그리고 "밤이 진다 / 나는 / 저렇듯 / 초승달 아래에서 우화(羽化)하고 있다"는 믿음에 충일(忠一)하다. 진견(眞見)의 시인이다.

올해 2월 14일은 대체 무슨 일이 일어났던 것인지……. 음력으로 정월 초닷샛날 하동 천승세 선생님의 생신날이었다. 그날 아침 전남 영광읍의 모텔 방에서 유리창의 맑은 햇살을 받으며 나와 이재칠 화백이 선생님을 모시고 망연히 앉아 있었다.

"선생님!"

그때 방문을 밀고 온 사람이 장진기 시인, 흰 바탕에 푸른 문양이 단아하게 수놓인 법랑 냄비가 손에 들려 있었다. 미역국이었다.

아침에 뭘 들지 않으시던 선생님께서 국을 뜨는 모습을 망연 바라보다, 그 모습 깊이 담은 장진기 시인의 눈을, 새끼에게 물어다 줄 먹이를 찾기 위해 떠 있는 한 마리 매인 듯 고요히 응시(鷹視)했다.

시인의 눈빛은 맑았다. 그리고 깊어 보였다.

"슬프게 살더라도 / 낙엽처럼 삭은 세상 / 손톱자국 같은 꽃은 피우지 않아야지"하는 장진기 시인의 마음이 내 마음으로 옮겨왔다. 무서리 걷히는 아침, 단풍잎 지는 심산 계곡의 담연(潭淵)이 햇살을 품고 흘러들어오는 순홍의 유수 같은 장진기 시인의 시편을 읽으며 다시금 그날 아침의 정경을 되새겨 보게 된다.

나는 장진기 시인이 우리 문단이 애정과 관심을 기울여 주목하지 않을 수 없는 훌륭한 시인임에 틀림없으며, 그의 시경(詩境)이 진정의 백척간두에서 한 걸음 더 나아가리라 확신한다. 연치(年齒) 적은 내가 실례를 무릅쓰고 졸한 발문을 형의 첫 시집에 감히 붙이고 난 후, 형이 달도(達道)하게 될 시경의 또 다른 진미에 설레는 마음을 보듬는다.

느지막이 시를 썼다. 시를 쓰기 시작하면서부터 시는 나에게 당위였다. 어머니 추모제에 조사를 써달라는 요청을 받았다. 심신이 무너져 있는 상태였는데 어머니 영전에 조시를 바치고 싶었다. 자정이 넘어 펜을 잡았다. 다 쓰고 행을 세어 보았다. 76행이었다. 어머니가 다니시던 종교의 기원 76년과 같은 행수였다. 우연이라지만 예사롭지 않았다. 소법당이 좁아 대법당으로 자리를 옮겼다. 조시 중간에 모두 울었다. 그 후로 이 십 년이 흘렀다. 어머니는 나에게 시를 쓰게 하시고 떠나셨다.

그 때가 30대 중반이었으니까 문학에 몸을 담기에는 군살이 많이 붙어 있었다. 이듬 해 우리 지역에서는 환경문제로 몸살을 앓고 있었다. 나는 현장에서 시를 썼다. 시는 무기였다. 시는 고발이었고 투쟁이었다. 참여시에 실존이 주사된 현장시였다. 그런 시는 반예술적이란 비난을 받기도 했다. 허나 서 있는 자리에서 나부끼는 깃발의 흔들림은 생동하였다. 풍자와 해학은 내가 쓰는 시의 요소였다. 상황에 따라 토해내는 뜨거운 입김은 나의 실존의 자각이었다. 시가 되던 되지 않던 내 문학이 그런 당위를 붙들고 있었다.

그러면서도 많이 외로웠다. 시가 그런 것만은 결코 아니라는 것을 알고 있었다. 내면의 음성으로 다가서는 서정은 내 살갖에 떨림으로 다가섰다. 무딘 몸의 각피를 뚫고 습윤이 돋기 시작했다. 길고 짧은 시들이 내 주위를 맴돌았다. 시와 얘기하고 시와 연애하고 시와 동거했다. 내 시들은 허기 질 때는 사냥을 하듯 들을 헤매고 세상이 시끄러울 땐 의병처럼 전투를 나가지만 돌아와서는 서정시가 되었다. 그렇게 써진 시들이 세월의 때처럼 쌓여버렸다. 내놓아야 했다. 가닥이 잡히지 않았다.

이규배 시인을 포구 마을에서 만났다. 내 시를 몇 편 쯤 봐주셨던 천승세 선생께서 한 권 분량의 원고를 추려오라는 분부가 있었다. 이규배 시인은 서울에서 내려온 작가라고 보기에는 투박했다. 방금 어판장에 잡어를 내려놓고 오는 뱃사람 같았다. 모처럼 맑는 사람 냄새가 났다. 그렇지 않아도 뒤죽박죽 쌓여있는 글들을 정리할 겸 급하게 추려간 시를 천승세 선생이 넘기셨다. 원래 입담이 좋으신 분이신데 평이 걸걸했다. 이런 서정은 근래에 보지 못했다고 하신다. 나는 선생보다도 서울에서 내려온 이 시인의 눈빛을 살피고 있었다.

문단으로서는 외진 곳에 살면서 소통을 하였던 분들이 정종 선생과 천승세 선생이다. 정종 선생은 할아버지 연세시다. 내가 마지막으로 이곳에서 모신 것이 몇 해 전 노무현 묘소를 다녀왔을 때다. 선생은 내 글의 출판을 나보다 더 서두셨다. 선생은 눈이 어두워 귀로 듣는 이독을 하셨는데 내 시를 읽어 드리곤 했다. 선생께서 두 번을 눈물을 훔치는 것을 봤다. 선생이 계실 때 꼭 책을 내고 싶었다. 이번 시집이 나오면 맨 먼저 선생이 요양 중인 대전에 올라갈 계획이다.

나는 문학과 학문의 일가를 이룬 선생들의 무소유의 행려를 귀히 보게 된다. 버리고자 해서 소유하지 않는 것이 아니라 자신의 세계를 끝내 가지고 가서서 세상의 욕심에 해탈한 진정한 예술인들이시다.

첫 시집을 낳게 한데는 시를 쓰게 하시고 시 쓰는 나를 책망치 않으신 부모님과 정종 선생님과 천승세 선생님, 장다리의 화두를 숙제로 남기시고 내 문학을 지켜보시는 오세영 시인님, 아우처럼 허물없이 글을 봐주시던 김준태 시인님 그리고 경이 형, 같이 문학을 했던 지역 문인들의 힘이 크다. 누구보다도 출판에 도움을 주고 발문을 써준 이규배 시인께 감사하다.